EL VERANO QUE VINO SERRAT

ExLibric

LUIS VALVERDE ÁLVAREZ

EL VERANO QUE VINO SERRAT

EXLIBRIC

ANTEQUERA 2021

LUIS VALVERDE ÁLVAREZ

EL VERANO QUE VINO SERRAT

*Existe el destino, la fatalidad y el azar; lo imprevisible y,
por otro lado, lo que ya está determinado. Entonces, como
hay azar y como hay destino, filosofemos.*
Séneca

A Lola.
A Marisol y Miguel, por su amistad y su cariño.
Y a toda la buena gente de Robledillo de Gata.

El verano que vino Serrat

Ya no seré jamás la persona que era el verano que vino Serrat al pueblo, hace ya un buen puñado de años, cuando la vida todavía estaba por desenvolver. Hay heridas que nunca cicatrizan. En esos días aprendí que la vida es de un solo uso, como el primer beso, y que no hay segundas oportunidades para cambiar lo que ya ha sido; que el remordimiento no arregla nada, más bien empeora la conciencia y turbia el presente. Escribo esta historia para sacudirme esa tramposa nostalgia que todo lo tiñe de desolación. Escribo para liberarme de sus ataduras, porque la nostalgia, sibilina, nos engaña como si fuera una segunda oportunidad para reconstruir el pasado, antes al contrario: es la tortura que me azota la conciencia con el dolor de la pérdida de las personas que hemos amado.

Escribo esta historia para perdonarme a mí mismo, para enfrentar con valentía el tormento que me persigue. Pretendo que esta voz narrativa sirva para escuchar lo que tengo que decirme, para aprender de una vez a perdonarme por el daño que hice y por el daño que dejé que me hicieran, porque el dolor de la tragedia solo se puede curar con el perdón. Perdón para poder vivir en paz este destierro.

A principios del mes de junio, el concejal de festejos anunció en la emisora de radio local que Joan Manuel Serrat vendría a cantar al pueblo para las fiestas patronales de septiembre. El grupo de amigos nos reunimos en los quioscos del puente romano y, pese a que había que sacrificar un buen puñado de cervezas para pagar las entradas, decidimos que era necesario acudir a ese concierto que nos generaba tantas expectativas. Total, para una vez que venía un artista capaz de aglutinar a todas las tías buenas que se las daban de progres porque estudiaban en la universidad de la capital provincial, que zozobraban con los coletazos del verano en el pueblo, no podíamos faltar al evento. Era la ocasión deseada para ligar con ellas, quienes, espoleadas por la belleza de las letras de las canciones, por la sensibilidad que imprimía el artista a sus melodías, por los cubatas a precios populares de la caseta municipal y por el efecto del hachís que estimulaba el acercamiento fraternal, estarían predispuestas a advertir nuestra irrelevante existencia y redimir nuestras pulsiones sexuales de forma espontánea, sin el lastre burgués de reaccionarias relaciones sentimentales previas.

Yo no utilizaba esas ampulosas palabras en mi vida diaria. Pero ese vocabulario, sin embargo, era el conserje que abría la puerta para acceder al ateneo sexual de la izquierda revolucionaria y desprejuiciada que iba a cambiar el mundo en aquel momento de balbuciente democracia. Si pretendías ligar con alguna de esas concienciadas chicas tenías que utilizar su mismo código político y cultural, porque, de lo contrario, te miraban por encima del hombro y te ignoraban. No malograban su retórica corporal con catetos incultos que solo confraternizaban con ellas, obsesionados por un primitivo y animal follar sin florituras, en lugar de preludiar el deseo sexual con sugerentes aportaciones dialécticas (a modo de cortejo ritual de apareamiento), eruditas citas para facilitar la liberación sexual a la clase obrera, tan necesaria para la praxis revolucionaria, siendo ellas las artífices de tal conquista de clase; ellas, que ni eran obreras ni eran explotadas por el salvaje capitalismo para ganar el dinero con el que pagar las cervezas que se tomaban, ni los canutos que acreditaban su rebeldía; ellas, que aspiraban a liderar un futuro de igualdad y justicia desde el darwinismo social de un buen empleo estable y un buen sueldo procurado por un familiar o amigo con cargo en el partido; ellas, que conformarían la nueva generación destinada a la responsabilidad de construir un mundo más justo y solidario, cuyo logro las obligaría a mezclarse con decorativos y rudos obreros en sus actos públicos para legitimar sus cargos y privilegios, impregnadas de un aura a lo *gauche divine*. A esas elitistas, *snobs* y arribistas les importaba una mierda lo que les pasase a los obreros, insensibles a todo lo que no fuera su entelequia existencial, cuyo demagógico bienestar era la base populista sobre la que sustentaban su mentira y su hedonismo. Qué asco me dan cuando las veo en la televisión, siempre tan ocupadas y trascendentales, siempre tan resueltas en su realidad a medida, izquierdistas a tiempo parcial y nunca gratis. ¡Jamás perdonaré lo que nos hicieron aquel verano!

El verano que acababa de empezar, más que un tiempo, era una edad. Yo era esa edad. Estaba dispuesto a degustar todo lo bueno que me ofreciera la vida, sin cerrarme a nada. Yo quería divertirme con mis amigos, tener relaciones sexuales con todas las chicas. Yo quería terminar la carrera de magisterio al año siguiente, sacar plaza y colocarme en una escuela, y viajar, y ver mundo, y tener una novia en cada puerto, como mi abuelo, un marino mercante que contaba historias de mujeres indescriptibles y de ciudades prodigiosas que había conocido. Me esforzaba en sacar buenas notas y aprovechar la oportunidad que me estaban dando mis padres. Así, por las tardes, cuando regresaba de estudiar en la misma capital en la que lo hacían aquellas divas de la progresía, me iba a la obra como peón de mi padre a ganar algo de dinero para ayudar en la casa, y acarreaba cubos de cemento y ladrillos, y luego, en lugar de pararme en el bar con las cuadrillas, me ponía a estudiar hasta la hora de la cena. Después, salía un rato con mis amigos. Era joven y las ganas de vivir podían con todo.

El primer regalo del verano fue que Marta, mi vecina, me dijera que yo le gustaba y que quería salir conmigo. Ella me atraía como cualquier otra chica. La conocía desde que íbamos a la escuela de primaria. Mi padre decía que llevaba la dignidad del trabajo en la sangre. Las admiraba, a ella y a su familia, honrados campesinos que solo sabían trabajar y luchar por salir adelante. Buena gente del pueblo sin estudios ni riqueza, incapaces de aprovecharse de alguien, y siempre dispuestos a echar una mano al que lo necesitase, auténtica clase campesina y obrera. Para mí solo era una chica con la que darse un revolcón. Como no quería hacerle daño por el aprecio que mi padre le tenía, le dije que yo no era la persona apropiada para empezar una relación seria en aquel momento. Yo quería ser libre, no entraba en mi plan comprometerme con nadie. Le dije que podíamos divertirnos juntos, pero sin ataduras, sin tener que darnos explicaciones, que no éramos novios ni lo seríamos.

Estaba volcado con mi grupo, que eran los amigos de toda la vida, y con mi primo Esteban, que trabajaba en la compañía eléctrica. Ese verano se compró un Citroën blanco en el que los fines de semana nos escapábamos a las fiestas de los pueblos cercanos como depredadores en busca de alguna chica que se dejase hacer. Mi primo descubrió el hachís una noche gracias a una chica rubia, bronceada y extranjera, que se bañaba desnuda en el río, perseguida por una corte de idiotas que babeaban por comerle las tetas y a los que ella no les hacía caso, concentrada en su droga y en comerle la boca a mi primo. Como era el que disponía de más dinero en el grupo, de vez en cuando nos invitaba a todos a fumar canutos y luego volvía ciego a casa en su Citroën, poniéndose en peligro él y a todo con lo que se cruzaba. Estaba Paco, el Turco, que era fontanero, y como no encontraba trabajo de lo suyo, ese verano se entrampó en un camión pequeño para dar portes de lo que le cargasen; Juan, el Levita, que había sido pinche de cocina, y tras despedirle en el restaurante en el que trabajaba por casi envenenar a un autobús de jubilados, sobrevivía como peón alicatador dando jornales en las obras de la costa, pagándose el viaje de ida y vuelta de su bolsillo; Manolo, que trabajaba en una ferretería, y cuando salía corría a ver a su decente novia de toda la vida, que lo esperaba en la puerta de su casa para pelar la pava y planificar el futuro de casados; Paco, el Guapo, que trabajaba en una zapatería; le gustaba la ropa chillona y bailar en la discoteca, siempre olía a colonia y llevaba recta la raya del pantalón de pinzas; Rafael, el *Hippy*, se dedicaba a vender collares y pulseras de cuero que él mismo elaboraba, porque no soportaba la rigidez de un horario laboral; y yo, que me pasaba las vacaciones dando jornales en la obra con mi padre, emborrachándome los viernes como un hombre, que era día de paga y no se movía nadie del bar sin pagar una ronda a la cuadrilla.

A últimos de junio, casi un mes después de dejarle las cosas claras a Marta, no me había comido una rosca y me pasaba el día empalmado. Marta se volvió a cruzar en mi camino (varias veces debido a la proximidad de nuestras viviendas) y empezamos a tontear. No me agobiaba con noviazgos, respetaba nuestro pacto. «Cuando me conozcas, no podrás vivir sin mí, porque nadie te va a querer como yo», me decía. Íbamos a la piscina por la tarde, cuando ella dejaba limpio el puesto de verduras y hortalizas que su familia tenía en el mercado de abastos y yo salía de la obra. Metidos en el agua, se apretaba contra mí, y yo, desquiciado por su cuerpo apretado y voluptuoso, aprovechaba su generosidad para sobarla. Luego, en el césped, bajo la sombra de los árboles, con la toalla por encima, nos manoseábamos y nos besábamos. Después de la piscina, cuando la luz del día se perdía en su cuerpo bronceado, al que el cloro del agua dejaba regueros en brazos y piernas, después de remolonear en el camino hasta que anochecía, la acompañaba a su casa y en un oscuro que había unos metros antes de la puerta nos besábamos y me dejaba tocarle las tetas y el coño. «Serás tú el que me pida que seamos novios», vaticinaba. Iba con ella hasta su casa, separado, sin tocarla, porque su padre era muy estricto con los horarios de su hija y la esperaba en la puerta. Yo saludaba al hombre. Después nos despedíamos sin quedar para el día siguiente, pero sabiendo que nos volveríamos a ver. A continuación, regresaba a casa para ducharme y cambiarme de ropa, y para rematar la noche me reunía con mis amigos en los quioscos de bebidas que había junto al puente romano que atraviesa el río Guadalquivir, algo apartados del pueblo y frecuentados por los trabajadores del polígono industrial cercano y por jóvenes que, como nosotros, buscaban la confraternidad con los precios baratos del mundo obrero. En aquellos quioscos de verano, con paredes de madera y tejados de chapa que ya no existen porque el ayuntamiento los demolió, íbamos a beber cerveza; a inhalar los aromas de la libertad que traían los nuevos tiempos; a sentarnos cerca de la pléyade revolucionaria que pontificaba sobre la epistemología del manifiesto comunista con la asertividad que le procuraba la cerveza fría y barata; a escuchar, sentados en unos poyetes de obra que se inundaban de la oscuridad del río, la música de Frank Zappa o Deep Purple, que sonaba en los radiocasetes colocados en baldas de madera sobre los botelleros de chapa atiborrados de botellines de cerveza. A medianoche cerraba el bar, y Marx y Trotsky se iban a descansar con los obreros que tenían que madrugar al día siguiente, y eran sustituidos por la Madre Tierra, la brujería y la conexión atávica con la naturaleza; el *rock* se transformaba en música *reggae,* y gracias al hachís y la cerveza, algunas de las chicas progres se bañaban en el río en pelotas y regalaban una sesión de anatomía libre, en desprejuiciada camaradería, a quienes, como merecido premio después de un constructivo debate, tuviesen el privilegio de bañarse con ellas y abrazar en sus cuerpos la causa revolucionaria o la que hiciera falta, catarsis a la que asistíamos como espectadores y a la que nunca estábamos invitados por nuestra falta de politización y militancia progresista, y por no tener los certificados de rojos que otorgaba la posesión de aquella retórica casi sacramental. Esas sesiones rara vez llegaban a desenfrenos sexuales. Mucha aparatosidad y mucho fuego artificial, pero llegado el momento, la genética opresora, represora y castradora resurgía de las vísceras y de las cadenas genéticas de aquellas valkirias y frustraba la libidinosa energía liberadora del sexo. Es cierto que a veces follaban dentro y fuera del agua. Nosotros lo veíamos y lo envidiábamos.

No fijábamos una hora concreta para reunirnos en los quioscos. Cada uno de nosotros aparecía cuando podía y a veces no aparecía o no podía. Tras muchas noches de observación mientras deseaba a aquellas reclutadoras de la revolución, advertí que para entrar en aquel cenáculo de la izquierda no era necesario tener una sólida formación política; bastaba con parecer receptivo, con usar oportuna y adecuadamente un conjunto de balsámicos nombres que actuaban como una llave maestra para abrir piernas: Che Guevara, Fidel (sin el Castro), Allende Gramsci, Russel, Webber, García Márquez, Kundera, Sartre, Camus, Cortázar, Alberti, León Felipe, Miguel Hernández, Lorca, Truffaut, Renoir, Bergman, Saura, Pasolini, Quilapayun, Paco Ibáñez, Chicho Sánchez Ferlosio, Aute, Serrat, Pink Floyd, Led Zepellin, Janis Joplin…, estimulantes intelectuales y sexuales para chicas que podían follar sin más con un tío o una tía al poco de conocerse. Peace and love.

A mediados de julio, Marta era una canción que cantabas sin saber la letra. Su presencia tenía la prestancia de la sombra de un árbol en verano, el arrullo del agua saltarina entre las piedras. Tenía la piel reluciente, rebosante, musical. Su voz era dulce, acogedora. Cuando reía, acallaba el trino de todos los pájaros del mundo que se detenían en las hojas de los árboles; su cuerpo olía a menta y a canela; sus besos tenían el sabor de los melocotones en almíbar, y al tocarla, los dedos se impregnaban de electricidad y se te quedaban tatuados de su esencia. Era difícil despedirse de ella en la oscuridad de su calle, abandonar el tacto de su cuerpo. Yo intuía que la línea que separaba mi libertad de su envolvente sosiego era casi invisible, frágil, vulnerable, y que podía cruzarla en cualquier momento, sin darme cuenta. Y quedaría atrapado, porque para besarla, desprenderse de su abrazo y despedirse, era imprescindible untarse de cera las orejas para no sucumbir al canto de las sirenas. Yo no quería quedar enganchado por su melodía, esperaba muchas aventuras y aprendizajes de la vida. Pensaba que el mundo estaba lleno de Martas y que había que descubrirlas y gozarlas a todas. Obnubilado por el deseo de acaparar la vida, no supe ver que cuando la felicidad nos abraza es cuando menos nos damos cuenta de que somos felices.

A mediados de agosto pusieron a la venta las entradas del concierto de Joan Manuel Serrat en la Casa de la Cultura. Después de comprarlas quedamos a beber cervezas en los quioscos, al final de la noche. Por aquellos días se celebraban en el pueblo unas jornadas asamblearias preparatorias para un congreso, y habían acudido representantes de diversas plataformas y colectivos para elaborar una serie de ponencias con las que conformar un programa político. El número de tías progres en el pueblo se incrementó notablemente, y cuando acababan las jornadas, se montaban verdaderas fiestas a la orilla del río. Rafael, el *Hippy*, conocía a una de las ponentes de la asamblea local y consiguió que nos invitasen a una de aquellas fiestas. Llegamos nerviosos y excitados como niños el primer día de colegio. Habían colocado mantas sobre la hierba, ocupadas por grupos que charlaban animadamente y bebían cervezas que cogían de unas neveras portátiles que se alineaban al lado de las mantas. La amiga de Rafael, el *Hippy*, nos presentó a unas camaradas preciosas a las que les brillaban los ojos detrás del humo de la hierba. Sonaba Jimmy Hendrix. Nos ofrecieron sentarnos con ellas en las mantas y nos dieron unas cervezas. En sus bocas las cervezas eran brebajes para viajar por el cielo con sus escobas, impulsadas por la mandrágora de sus convicciones revolucionarias. En aquel ambiente follar era un acto de militancia política. Nos mirábamos unos a otros eufóricos, convencidos de que por fin había llegado nuestra oportunidad. Además de hablar como si te conocieran de toda la vida, algunas chicas se te caían encima al levantarse para coger bebida, te abrazaban cuando menos te lo esperabas o te incluían en un juego que consistía en pasarse el humo del porro de boca en boca. Nosotros intercambiábamos gestos valorativos y nos mirábamos los unos a los otros los bultos de los pantalones a punto de reventar. Y entre risas, revolcones, roces y manos que tocaban tetas, culos y bocas, comprendimos el manifiesto comunista. Aquellas bocas no apretaban los besos, aquellas manos se deslizaban etéreas, aquellos cuerpos se disipaban al tacto, aquella felicidad estaba hecha de una sustancia liviana que se disolvía al acariciarla, aquellas pieles que lamía no tenían el sabor de Marta.

De esa argamasa de cuerpos uno se despegó y se puso en pie. Atravesó la orilla y se internó en el río, que bajaba oscuro y lento desde las montañas, sereno como una trampa. Era una de las chicas que retozaban con Juan, el Levita. Me quedé admirando su cincelado cuerpo. Poco a poco iba sumergiéndose en el agua y en pocos segundos solo quedaba a flote una cabellera rubia que zigzagueaba hasta que dejé de verla. El río siempre es peligroso y de noche más aún, sobre todo si no lo conoces. De pronto, se oyó una voz lejana, angustiada, una desesperada voz que pedía auxilio. Alguien alertó a los demás. Nadie era capaz de reaccionar; se miraban unos camaradas a otros y se echaban las manos a las cabezas o gritaban o golpeaban el suelo. Entonces, Juan, el Levita, que no era muy buen nadador, sin pensárselo se tiró al agua y yo fui tras él. El resto de mi grupo no sabía nadar. En la oscuridad nos fuimos acercando a los gritos de la chica, hasta que por fin dimos con ella: uno de sus pies se había enredado en una rama de pinillo y no podía soltarse. Se agarró desesperadamente a mí y tuve que tranquilizarla para que no nos hundiera en el agua a los dos. Lloraba, jadeaba, estaba fría, temblaba. En la orilla se encendieron algunas linternas que iluminaron el agua y pude ver a Juan, el Levita, a unos centímetros de la chica. Mi amigo se sumergió en el agua, bajó por el agitado cuerpo de la chica y la liberó de su atadura. Yo esperaba a que emergiera del agua para regresar juntos los tres. Entonces la chica, propulsada por su cuerpo trémulo, nadó con agilidad y rapidez hacia la orilla para ponerse a salvo. La vi salir del agua y abrazarse a sus camaradas, pero mi amigo no salía a la superficie. Pedí ayuda. Nadie acudió a mi llamada. Me sumergí varias veces y a oscuras tanteé el arbusto, sin resultado. La última vez que palpé desesperadamente las ramas noté algo escurridizo a mi alrededor. Intenté sujetarlo, pero desapareció. Agotado, nadé hasta la orilla, donde se apagaban las linternas. Cada brazada era un puñal que se clavaba en mi pecho.

Cuando salí del agua, los únicos que quedaban allí eran mis amigos. El resto había desaparecido. Rafa, el *Hippy*, me dijo que alguien había llamado a la Guardia Civil. Se había organizado una protesta entre ellos y se marcharon antes para evitar colaborar con uno de los cuerpos represores del estado con más tradición franquista: torturadores y asesinos de miles de camaradas. Grité qué clase de personas eran aquellos que abandonaban a su suerte a quien había arriesgado su vida por salvar una de las suyas, de qué pasta estaban hechos esos cobardes egoístas, qué clase de confraternidad era la suya. Enajenado, perdí la noción del tiempo. Me puse a maldecir hasta que un guardia civil me zarandeó y un médico me puso una inyección con tranquilizantes.

Lo que vino después lo recuerdo como a ráfagas, con la intermitencia de un *flash:* veo a mis amigos llorar, siento un profundo cansancio en todo el cuerpo; alguien me pide que mire y cuente los dedos de una mano; veo a unos buzos del cuerpo de la Guardia Civil, que después de varias inmersiones sacan a la orilla el cuerpo de Juan, el Levita. Después llega un juez y se llevan su cuerpo. Hacen preguntas, declaramos y pasamos la noche en el cuartelillo.

Por la mañana, mi padre vino a recogerme. Yo intenté hablar con él, pero no me dejó. Me comentó que las únicas explicaciones había que dárselas a la conciencia. Dijo que me había portado como un buen amigo, que sabía que yo no tenía culpa de nada, que había intentado salvarlo y que ahora había que cumplir con la familia del muerto. La autopsia determinó que Juan, el Levita, había fallecido ahogado. Compramos una corona, y en el tanatorio acompañamos a su familia. Lo lloramos y lo velamos. En el cortejo fúnebre me apuntaló Marta, que no me interrogó ni me reprochó mi presencia en el río, aferrada a mi mano hasta que llegamos a la puerta del cementerio. Allí me solté de su mano y entre los amigos cargamos la caja a hombros y atravesamos aquellas avenidas de tristeza para llegar al nicho que se lo tragó para siempre. Todavía no era consciente del dolor que suponía esa ausencia, esa pérdida. Nunca se olvida el dolor de la juventud. Lo que viene después, con los años, es una losa que se empecina en aplastar ese dolor para que podamos vivir sin caer en la locura.

La noche que cantó Serrat en las fiestas patronales del pueblo vendimos las entradas del concierto en la puerta de la caseta y llevamos el dinero a los padres de Juan, el Levita, que andaban cortos de liquidez, porque el hijo era el único que aportaba ingresos en la casa. Después nos fuimos al quiosco del puente y nos emborrachamos. En el río, en el que nuestro amigo se ahogó y se hundió nuestra juventud, tiramos al agua la pancarta que habíamos preparado para ligar en el concierto. La oscuridad se tragó lentamente unas enormes letras rojas sobre un fondo blanco en las que se podía leer: «Serrat, hoy puede ser un gran día».

Tras la muerte de Juan, el Levita, el pueblo me ahogaba, me reprochaba a cada instante la desgracia. Notaba toda clase de miradas sobre mí, miradas que me hacían sentir incómodo. Era inevitable revivir el recuerdo de mi amigo en aquellas calles y en aquellos bares en los que lo veía sentado a mi lado, con la cerveza en la boca y el deseo clavado en los culos de las chicas para las que no existíamos. ¡Era tan injusta su muerte! Quería terminar la carrera y marcharme a otro lugar, cuanto más lejos mejor, y que la distancia paliase la tortura obsesiva de las imágenes de su cuerpo sin vida al sacarlo del río. En el grupo flotaba un remordimiento que nos impedía hablar de lo sucedido. Después del concierto no volvimos a vernos en los quioscos y, poco a poco, dejamos de juntarnos.

Y estaba Marta. Los sábados por la tarde, cuando cerraba el mercado, nos encamábamos en la casa de su abuela, que había sido ingresada en el hospital de la ciudad aquejada de un problema respiratorio. Su madre acudía los viernes por la noche para darle el relevo. No tuve valor de decirle que estaba enamorado de ella, no quería encerrar mi dolor en su regazo, no quería que refugiarme en ella fuese mi medicación para superar aquel tormento. No quería depender de ella. No quería dejar mi autoestima en sus manos. No podía despegarme sin angustia de su cuerpo desnudo y vigoroso, que con intención narcótica se doblegaba con un ímpetu descomunal a la caricia y al sexo. No quería confesarle que ella daba cuerpo a la tabla a la que me agarraba para no hundirme en la agonía de náufrago que era el recuerdo de mi amigo muerto; no quería revelarle que su calor, sus besos y sus palabras eran los fármacos que necesitaba para recuperar unos sueños en los que no estaba ella. No quería que mis palabras le hiciesen daño. Sentía que no merecía la ternura que su amor me prodigaba. Tuve que poner tierra de por medio, tuve que dejar de verla para que se desencantara de mí.

A principios de octubre convencí a mi padre para buscarme un piso compartido con otros compañeros y quedarme en la ciudad. Así aprovecharía mejor el tiempo para estudiar y para hacer las prácticas, cuyo horario hacía penoso mi regreso diario al pueblo. Cuando nos despedimos, le dije que no la quería. Ella me miró y no dijo nada. Sentí que me compadecía. En su mirada no había acusación, solo una inmensa decepción. No necesitó nombrar nada para decirme que la había perdido para siempre. Yo quería que me odiara y que se olvidara de mí, que encontrara un muchacho que la amase como se merecía y que lograse su felicidad con él. Yo necesitaba ser como mi abuelo, un marino mercante sin raíces que le ataran a ningún sitio, a ninguna mujer, a ningún recuerdo. Todavía no era consciente del desamparo, de la orfandad que conllevaba esa libertad; no era consciente de lo fácil que me convertiría en presa de esa nostalgia tóxica que contamina la vida; no era consciente de mi falta de madurez para gestionar la desolación en la que me estaba envolviendo su recuerdo. Sin percibirlo, era víctima de esa necesidad de nombrarla para conservarla a mi lado, aunque no quisiera reconocerlo.

Busqué un trabajo de camarero los fines de semana. Estuve dos meses sin volver al pueblo; de esa forma, aligeraba el gasto que para mis padres suponía mi estancia en la ciudad. Ellos venían a verme y me traían provisiones.

Un día, antes de las vacaciones de Navidad, tuve que volver al pueblo. La muerte de mi primo Esteban, a mediados de diciembre, fue el motivo. Al salir de una fiesta hasta el culo de hachís, mientras conducía su Citroën, invadió el carril contrario y se estampó de frente contra un camión que no pudo hacer nada por esquivarle. En el tanatorio me encontré con mis amigos y volvimos a llorar y a abrazarnos.

Mi padre me pidió que me pusiera en la fila del duelo para ayudarles a mi tío y a él a recibir las condolencias de la multitud de vecinos y amigos de la familia que presentaban sus respetos por el muerto. Las mujeres pasaban de largo por nuestro lado y se estrechaban en abrazos, besos y lágrimas con mi tía y mi madre, y con el resto de mujeres de la familia que habían venido al entierro.

Cuando quedaban pocos vecinos a los que estrechar la mano o encajar sus condolencias, aparecieron los padres de Juan, el Levita, y nos fundimos en un largo abrazo regado de lágrimas y palabras de ánimo. Al separarme del padre, me encontré a pocos metros la cara de Marta. Venía acompañada, cogida de la mano de un chico que tenía un puesto de carne en el mercado, al lado del suyo. Se le notaba que moría por ella en la forma de mirarla. Ella pasó por mi lado y me miró como se mira un cuadro que no te gusta. Al sentir su desdén, me di cuenta de que ya había perdido el deseo por mí; sin embargo, no me alegré. La seguí con la mirada, y al inclinarse para besar a mi tía, que estaba sentada en una silla cerca del ataúd, percibí la redondez hinchada de su vientre. Me dio miedo acercarme a ella, atravesar el campo que había minado con su indiferencia. No tenía derecho a saber. No podía preguntar nada. Me incorporé al cortejo en primera fila, justo detrás del coche fúnebre. En el cementerio la busqué con los ojos, pero ya no volví a verla.

Al día siguiente al entierro, cogí un autobús y volví a la ciudad. Conforme me alejaba del pueblo, el cielo perdía su luz y se emborronaba de nubes oscuras que anunciaban tormenta. Sentí frío y una dolorosa desolación con las primeras gotas de lluvia que abrían surcos en el cristal. Recuerdo que sonaba una canción de Serrat: «*Vuela esta canción para ti, Lucía…*».

Alguien me dijo una vez que los recuerdos son los testigos implacables de una vida que no nos atrevimos a vivir.

Querida Clara

Escribo esta carta con la certeza de que nunca la leerás. La escribo para ti, pero en realidad es para mí, para vomitar esta insoportable angustia que me desgarra el corazón. ¿Cómo vas a leer una carta que no sé a dónde mandarte?

Desapareciste de golpe, sin decir nada. Hace veinticinco años que no sé nada de ti; veinticinco años en los que no he dejado de amarte ni un solo momento, siempre a la espera de que un día reaparecieses inesperadamente con tu aire distraído en el lugar más insospechado, sacudiéndote las gotas de lluvia prendidas en tu abrigo y en tu pelo, disculpándote apenas por el retraso de una espera de un cuarto de siglo, como si se tratase de una más de aquellas demoras a las que me sometías cuando quedábamos en cualquier bar de la plaza del Salvador.

Aquella última cita me quedé esperándote toda la tarde en el banco de la esquina en el que nos citábamos para ir a la dársena cuando salías de tus clases. Fui a tu casa a buscarte, quedaba muy cerca. Llamé varias veces al timbre, pero no contestó nadie, ni tus padres ni siquiera tu perro. Volví a mi piso de alquiler compartido con otros dos estudiantes. Tú tenías llave y supuse que estarías en mi habitación, en la que algunas noches te quedabas a dormir. Ni rastro. Pasaban las horas, llegó la noche. Llovía con esa tristeza que solo tiene el cielo de Sevilla cuando se pone gris. Salí a buscarte. Di vueltas por aquellos lugares en los que escribíamos nuestra historia. Encontré a tu amiga Laura en vuestro bar. Me dijo que habías faltado a las clases del día y me preguntó si estabas enferma. Regresé a mi piso empapado de miedo y de agua. Era medianoche. Esperé con el oído atento a cualquier sonido en la escalera. De madrugada, la desesperación me desquició y rebusqué por todas partes de la habitación por si habías dejado una nota en algún lugar, no sé… No sabía qué hacer, pero, sobre todo, no sabía qué pensar. Estaba más extraviado que tú. Rememoraba una y otra vez nuestras últimas conversaciones para buscar un indicio que pudiese explicar tu ausencia. Por la mañana fui a tu facultad. Tus compañeras de la universidad no sabían nada de tu paradero. Pregunté en la secretaría y allí, después de buscar entre un montón de carpetas que se habían quedado como congeladas en el tiempo, una chica, descolocada ante la urgencia con la que la apremiaba, consultó tu expediente y me dijo que hacía un mes que habías solicitado un traslado a una universidad de Estados Unidos, y que desde ayer estabas en excedencia. Me quedé de piedra, con una cara de gilipollas que provocó que hasta la chica que me atendió saliera del mostrador y me guiase hasta un banco junto a la puerta, inmóvil, como si me hubiese quedado sin vida. Y así estuve una semana, conmocionado. No iba a la facultad. Pasaba el día delante de tu casa vacía, por si aparecías, y volvía al piso para dormir y mirar en el buzón del portal, pendiente de noticia tuya. No podía pensar. Apenas comía, casi no dormía. El caótico dormitorio se transformó en una agobiante celda en la que los objetos y los olores se convertían en desolados testigos de un tiempo vencido, escalofriantes máscaras que convocaban todas las pesadillas. Agobiado, me quedé como un juguete sin pilas, averiado, roto, partido en tres mil pedazos. Estuve vagando por Sevilla, sonámbulo, catatónico, envuelto en un abandono sórdido y lamentable, quemando la paga en los bares en los que nos reconocíamos y deseábamos por si te daba por aparecer por alguno. Enganchado a tu recuerdo te busqué en todas las plazas, los bancos, los puentes, olfateaba cada olor, en alerta ante cualquier sonido, escudriñando algo que pudiera darme una pista de ti, algo que me anunciara tu regreso. Pregunté por ti en todos los lugares, a todos los amigos, a todas las calles y los rincones, a todos los libros y mapas, a todas las canciones. Y solo obtuve silencio.

No sé cuánto tiempo pasó hasta que recibí de manos del cartero una carta certificada. Me temblaban las manos. Se me cayó al suelo al menos tres veces antes de sentarme en un banco de la plaza y abrirla. Estaba escrita a mano, con aquella letra tuya en la que las palabras se empujaban como si tuvieran prisa. Me pedías que te perdonara por no avisarme de tu marcha y que no te odiara por haberte ido de aquella manera, pero que era lo mejor para los dos, sin pensar que mi vida estaba contigo, que lo mejor para mí eras tú y que desapareciste empujándome a un desconsuelo que no merecía. Me condenaste a una desolación inexplicable, injusta, dolorosa.

Ayer vino un mensajero a casa y, como yo no estaba en ese momento, le dejó un enigmático sobre a mi mujer. No traía ningún remitente, solo mi nombre, pero sabía que era tuyo, porque esa superficie de papel estaba impregnada del inolvidable olor de tus manos. Te imaginaba días atrás llevándolo a la oficina de correos, enviándoselo a tu hermano con las indicaciones precisas para que me lo entregara. No sabía que tenías un hermano. Vive aquí, en Sevilla, como yo, que no podría vivir en otro sitio porque este es el escenario de nuestro amor. Alguna que otra vez sale en la televisión y, como tiene tus mismos apellidos y se parece a ti, un día, hace unos años, me presenté en su despacho de la Junta.

Me identifiqué, le di mi tarjeta y le pregunté. Nunca quiso darme una pista sobre tu paradero, porque te lo había prometido.

Nada más darme el paquete, mi esposa lo he llevado a mi estudio y he estado toda la noche mirándolo, como si se tratase de un jeroglífico de esos que dibujábamos en los pretiles de los puentes sobre el Guadalquivir para burlarnos de los turistas. Y no sé por qué, al tenerlo entre mis dedos, he sentido que era como un legado, una última voluntad, algo malo que no he tenido el valor de abrir hasta hace un rato, con las luces del alba filtrándose por la ventana. Al abrirlo y leer la carta que llevaba dentro, las noticias que me ha traído han malogrado para siempre la esperanza de compartir el resto del camino contigo hasta *«llegar a los puertos grises, juntos hasta el final de todas las cosas»*. Porque, aún hoy, después de toda una vida separados, a una sola señal tuya lo hubiese abandonado todo y hubiera ido a tu encuentro, al lado de quien es la razón de mi vida. Ahora, con tus letras, me condenas a un tormento que hace aún más inasumible el resto de una vida que ya ni quiero ni puedo vivir.

Ni siquiera yo entiendo qué utilidad o sentido puede tener esta carta, ahora que con tantas cosas sin decirnos ya están casi todas las palabras dichas. Ahora el tiempo se me aparece como si leyese un viejo libro de ochocientas páginas, en el que se pierden las marcas y hay que volver recurrentemente a las notas de los primeros capítulos para entender el significado de las páginas finales; páginas que van perdiendo sus letras, borrándose como manchas o chorreones dependiendo del pasaje que describan; páginas donde desaparecen las imágenes de aquellas fotografías que hacías sin parar, en las que sorprendías desprevenidos a tus objetivos; instantáneas que capturaban la esencia de lo imprevisto, donde se encontraba el alma de cada instante, como en estas fotos que, rescatadas de la oscuridad del cajón oculto del armario, ahora tengo entre mis manos y me transbordan a una magnitud perdida y sepia. Al leer tu carta, he comprendido el enigma de tu ausencia y he admirado el coraje de tu desaparición, y en lugar de sentir tristeza por haber vivido en la ignorancia todo este tiempo, sin saber por qué te fuiste, ahora me siento en deuda con tu generosidad y te alabo y, a la vez, te maldigo el gesto que ha hecho aún más mísera mi existencia, y me maldigo por no haber tenido antes conocimiento de tu enfermedad, ahora terminal, pero detectada hace veinticinco años y que te llevó a peregrinar a un hospital norteamericano que era el único que podía curarte. Solo me consuela pensar que mi ignorancia me ha permitido mantener una creencia esperanzada sobre tu regreso, sobre la vuelta a la plenitud del tiempo que compartimos juntos, y esta expectativa me ha permitido afrontar, desde el exilio interior al que me condené, muchos episodios cotidianos y sórdidos de esta absurda deriva de días que ha sido mi vida sin ti, siempre con la ilusión de volver a verte y a recuperarte.

Quizás esto que ahora te escribo sea una especie de pataleo inservible contra el dolor que tu ausencia me provocó y que me dejó amputado de la caricia interminable de tu cuerpo contra el mío en los días grises y fríos de Sevilla, cuando paseábamos por la plaza de España o por la Alameda de Hércules, abrazados y errantes; cuando compartíamos canutos y cervezas con extranjeros de idiomas blancos bajo la Torre del Oro; cuando recorríamos todas las tabernas de Triana, nos perdíamos en la calle Betis y nos encontrábamos en las columnas de la catedral; cuando íbamos a aquel *pub* irlandés en el que practicabas tu inglés con el camarero pelirrojo mientras sonaban gaitas de Planxty, canciones de Christy Moore o alaridos taberneros de los Dubliners, empapados de aquellas pintas de Guinness; cuando teníamos ese contacto estriado con los fotogramas de una película de Godard, Truffaut, Buñuel, Bergman, o un cielo de Wenders, ávidos de cultura y de amor, espíritus dislocados que paseaban por calles asoladas de frío que llenaban de calor, encharcados en canciones tristes que se descolgaban de ventanas entreabiertas por las que salía un olor amargo a soledad y bajo las que los perros callejeros comían de tu mano olvidando su orfandad; anhelando ese contacto de tu pelo mojado en mi cara cuando íbamos detrás de las palomas junto a las fuentes; ese contacto del humo del tabaco que salía de tu boca y chocaba contra mí cara, enfermos de amor y borrachos de literatura, envolviéndome en un nublado Guadalquivir por el que entreveía tu boca sonreír, esa boca que amaba el autor de *Rayuela;* esas hermandades peligrosas que entablábamos con vagabundos desconocidos y borrachos que cantaban flamenco a cambio de un cigarro y a los que encandilabas con tus pronunciadas eses de castellana vieja y tus exclamaciones de asombro; ese engranaje de risas y amigos embadurnados de espuma de cerveza y botellas de vino a la sombra de árboles y jardines, engarzados en verbenas de luces multicolores y música popular donde nos deseábamos nada más llegar, aliados de las caricias que descubrían nuestra piel desnuda, como una flor que se abre, amándonos en silencio, en la penumbra alterada por las luces rojas y verdes del neón del bar de enfrente de mi piso de alquiler, que con puntualidad inglesa hacía sonar todas las noches *The days of vine and roses*, y al que bajamos a tomar café o comer después de amarnos, conscientes de nuestra felicidad y de esa plenitud de los que conquistan la cima de una montaña, sabedores de que nunca volverán a ella, y que si vuelven, nunca la encontrarán igual, con esa conciencia de precariedad que hacía que los días se estrellasen contra la rutina y los horarios, envueltos en una vorágine maravillosa que nos llevaba a disfrutar con la misma intensidad un paso de Semana Santa que un concierto punk o una película porno.

Todo esto me robaste, todo esto te reprocho, todo esto te perdono, todo esto te agradezco.

Hoy, tras el paso de los años, creo que los hechos, los sucesos que nos arrollan la vida están a nuestro lado esperando su oportunidad para, sin aviso, asaltarnos, apresarnos, y expectantes, agazapados, esperan su oportunidad detrás de una cerveza o en las luces de un semáforo; surgen donde menos los esperas y te fulminan, vertiginosos como esos barrancos desprevenidos por los que caes dentro de un sueño. Así te presentaste en mi vida aquel día en el comedor de la facultad, pidiendo permiso para sentarte frente a mí, porque no había mesas libres, y tu voz llena de música extraña hizo que levantara la cabeza de mi plato y te mirase y te llamase Galadriel. Tú pusiste cara extraña, como si te hubiese llamado tonta o puta, y antes de que te perdieras con la bandeja te alcancé y te ofrecí mis disculpas y te supliqué que regresaras. Empezamos a hablar sin preguntarnos, sin dejar de mirarnos y aquella conversación duró tres años en los que las frases, los diálogos, la trama, el tono y el argumento se entretejían como en una novela de Tolkien o una sinfonía de Pink Floid, y donde nosotros éramos los personajes que se perdían y se buscaban por los diversos capítulos, mapas o canciones hasta encontrarse en cualquier descripción, diálogo o acorde. De aquellos días conservo la costumbre de ver dragones dormidos o hibernados en las formas de las montañas, esperando nuestra llamada para batir sus alas y descuidar sus tesoros, como Smaug abandonó la montaña solitaria. Dimos largos paseos por Invernalia y residimos una temporada en dos ríos con Rand al'Thor. Nos nutríamos de mundos inventados y nombres imposibles, y logramos que esa fantasía fuese más real que las noticias del telediario o los periódicos, a salvo de los ataques de futuro, donde la felicidad aún es posible.

En la clínica en la que he desarrollado mi actividad profesional tratando a enfermos mentales conocí a un tipo que lo ingresaron las autoridades sanitarias porque decían que tenía esquizofrenia y que era peligroso. Para ser exacto, el diagnóstico que aconsejaba su encierro decía literalmente que padecía una incapacidad crónica para gestionar adecuadamente sus emociones, lo que le provocaba ataques de ira. Entré a verlo a su celda acolchada. Cuando se estableció entre nosotros la suficiente serenidad para preguntarle por la razón de su ingreso, me dijo que estaba allí encerrado porque su entorno, concretamente su vecindad, no podía permitir que estuviese enamorado de una actriz llamada Diane Kruger a la que había visto actuar en una película y cuyo único contacto con ella lo tenía cuando palpaba un póster que tenía encima de la cama. No necesitaba a nadie más para vivir, puesto que con ella tenía todo lo que necesitaba, y que cuando hacía el amor en el puticlub, la única perversión que pedía era que la chica de turno fuese rubia y que se pusiese, mientras copulaban, una máscara de la actriz alemana que él aportaba. Una vecina que andaba tras él, cuando le descubrió acariciando el póster una tarde que se dejó levantada la persiana del dormitorio mientras limpiaba el polvo, se enfureció hasta la demencia y blandiendo aquella excentricidad inofensiva, atacó su cordura y lo acusó de loco peligroso y pervertido. El tipo me confesó que era feliz. Me dijo que le daba igual que lo sacaran de allí como que no, como si querían olvidarse de él, puesto que en su celda estaba viviendo con Diane Kruger. Yo he sido y he vivido como ese hombre. Debo estar tan loco como él. Solo que yo no he sido feliz. He sido una persona introspectiva, solitaria, autista en su recuerdo. Así, los acontecimientos que conforman una existencia (el matrimonio, el nacimiento de los hijos, los amigos, los viajes; en fin, eso que se llama vivir) no han hecho sino estigmatizar aún más tu ausencia. Acotado en este desarraigo, todo lo que me ha sucedido lo he vivido contigo. A ti te he dedicado lo mejor y lo peor que me ha pasado, como un devoto religioso ofrece su vida a su dios.

Doy mi vida por vivida. He navegado solo, sin ti, rodeado de otros barcos que también iban vacíos por el mismo mar, aunque ellos no lo supieran. ¿Para qué sirve el borrador de una vida si no queda tiempo para las correcciones?

Punto limpio

A Juan

Un día todo se fue a la mierda. Simplemente. Mi mundo era una falacia, yo no tenía ningún poder de decisión sobre él. Estaba de prestado. Mi destino se barajaba en las bragas de mi exmujer. Es asqueroso constatar que mi autoestima y valor social estaban ligados a su coño, que mi felicidad dependía de sus orgasmos con otro. Miraba hacia otro lado. No quería ver las señales de su infidelidad porque todo fluía con esa alegría que emana de las victorias vacías y me sentía útil, prescindible pero útil, hasta valorado, como cualquier otro tipo de los que con ganas de prosperar ganaban una plaza en el Ministerio. En plena cumbre de éxito llegué a creer que había conseguido mi ascenso a inspector jefe —con un equipo a mi cargo y todo el día fuera de casa para despejarle a mi mentor el camino entre las piernas de mi exmujer— y cierto nivel social por mis méritos profesionales: básicamente, por ejercer de palmero, que es el mejor trabajo que se puede hacer cuando uno es un torpe mediocre que dobla la cerviz ante el amo, y cuyo objetivo vital es que el volumen imperceptible de mis palmas en el aplauso general hagan que el mentor se olvide de mí y que solo se acuerde cuando necesite palmas frenéticas para rellenar el reconocimiento y la ovación. Y así, sin pena ni gloria, consigues que pasen los días y los años; desarrollas una vida cómoda, anodina, sórdida, pero cómoda. Aquí cómoda significa un sueldo fijo, considerable, una casa con jardín, un buen coche, una esposa atractiva con la que follas un par de veces por semana, unos hijos rubios, un perro de raza, unas vacaciones en la playa, una salida semanal a un buen restaurante, un palo de golf y unos tipos a mi lado a los que considero amigos, para alimentar la interesada mentira en la que vivo.

Pero en un instante todo el castillo de naipes se cayó de golpe. Y no por mi culpa, que cumplía escrupulosamente las reglas de la sumisión, sino porque estorbaba a mi mentor, a sus planes para quedarse con mi exmujer, a la que llevaba tirándose un buen puñado de tiempo y que ya no podía compartir conmigo, porque la muy zorra lo debía de volver loco en la cama; no como a mí, que me dejaba la sensación de haberme acostado con un cubito de hielo.

Una noche estaba solo en el coche, delante de la casa de un sospechoso de corrupción al que debía vigilar sus pasos. El tipo no salía y el turno se alargaba. Mi mujer no contestaba a mis llamadas a su teléfono móvil. Aun a riesgo de despertar a los niños, llamaba a casa y tampoco lo cogía. De madrugada recibí una llamada que me ordenaba que me presentase en el despacho del subsecretario, mi mentor. Por lo anómalo de la hora, me vacuné contra la realidad, imaginando que se trataba de un encargo especial, de esos que requieren confianza en la discreción personal y en la profesionalidad. Y por esa confianza, en su reciprocidad, ni me saludó y me dejó de pie frente a él, sentado en su despacho, rodeado de carpetas que se amontonaban y crecían en los márgenes de la mesa. Y sin rodeos ni miramientos me recordó que todo se lo debía a él, que más me valía acatar sin protestas lo que tenía que decirme y que si le tocaba los cojones, podía aplastarme como a una cucaracha. Y yo, que siempre había obedecido sin pestañear, encajaba con estoicismo el golpe. Ya no se conformaba con embestir a mi mujer más veces que yo, ahora la quería solo para él. Para hacérmelo más fácil me iba a trasladar a otro distrito en la ciudad o a la otra punta del país si abría la boca: tú eliges.

Por tanto, con la amabilidad de una hiena, me dejaba elegir entre abrirme en canal o disfrutar de una adaptación al hábitat ideal para mis cuernos. Mientras yo me ocupaba de mi traslado al exilio, él mismo, en los ratos en los que tenía los pantalones puestos, se encargaba de redactar la demanda de divorcio y el convenio regulador que, por cierto, debería cumplir escrupulosamente, sobre todo en lo tocante a las pensiones compensatorias y alimenticias, un régimen de visitas a su capricho, así como la cesión desinteresada a mi ex de la vivienda familiar, para que dispusiera de ella como le viniera bien, y eso incluía la enajenación de la misma sin percibir contraprestación a mi favor. Y sin tiempo de falsear una calurosa despedida con el resto de mis compañeros, viajaba desde el deslumbrante despacho del Ministerio a la marginalidad y sordidez de una comisaría postergada en un barrio bajo de la periferia. Y mi entorno pasaba, sin solución de continuidad, del lujo de mi casa a la casposa opacidad de un cuarto piso sin ascensor ni balcón; de los billetes de cincuenta euros en la cartera a la miseria de la calderilla; de un sueldo a una limosna; de los cocineros Michelin a las salchichas baratas; de las conversaciones sobre el hoyo ocho con ejecutivos de Moleskines y sonrisa blanca al silencio del madrugador y solitario bebedor de coñac; de los hoteles con *yacuzzi* y con amante al precio de los servicios de las lumis en los portales, y de la cena con zumos y batidos depurativos en el salón de casa al alcohol barato de los tugurios. Y todo esto bajo la tutela de un jefe, amigo del mentor, que desde entonces me machaca y me recuerda constantemente que todo lo que soy o tengo se lo debo a este: palmero de mierda.

★★★

Me despierto con dolor de cabeza y con ganas de vomitar, con dolores por todo el cuerpo. Me he quedado dormido en el callejón del bar de la esquina, clavándome en los riñones el borde de las cajas de botellas vacías que se apilan junto a la puerta del almacén. Estoy hecho un asco. Palpo el bolsillo de la chaqueta que apesta a perros muertos y a borrachera y localizo el teléfono móvil. Hago lo mismo con los bolsillos del pantalón para ubicar las llaves y la cartera. No sé si tengo cabeza. Debe ser de día, porque una claridad morada y brillante se adivina tras las gafas de sol que no sé cómo llevo puestas. A duras penas consigo ponerme en pie y tambaleándome llego hasta la puerta del edificio donde vivo. Subo a casa en el ascensor. Solo entonces noto el frío en los pies. Me doy cuenta de que estoy descalzo. Después de lavarme los dientes, afeitarme y ducharme, cojo del armario la última muda limpia y me visto frente al espejo. Tengo ante mí el dilema de bajar descalzo a la calle a buscar los zapatos y correr el riesgo de no encontrarlos o ponerme unas zapatillas deportivas de un lejano tiempo en el que practicaba el golf. Mejor lo seguro, aunque seguro que no es lo mejor para ir a la comisaría.

Llevo el camino de convertirme en un espectro. Estoy chupado. No sé cuánto tiempo hace que no le soplo a una cuchara. Tampoco recuerdo cuándo me reí por última vez. Es viernes y le toca venir al piso a la señora de la limpieza, que una vez por semana, además de ordenarlo, hace la colada y plancha la ropa. Antes de salir hacia la comisaría abro el cajón de la mesita de noche en el que descansa el sueldo recién cobrado y extraído del banco, sin hacer aún las preceptivas entregas en mano a mi exmujer, que, de esta manera, sin nada de trasferencias según sugerencia de su semental, me tiene a su antojo para acusarme de no satisfacer la pensión si no le sale del coño firmar el recibo: otro favor de mi mentor. Antes de proceder a su desmembración en ofensivas porciones, me guardo el fajo de billetes en el bolsillo interior de la americana y separo cuatro billetes de veinte euros que meto bajo el busto del Quijote del mueble que hay en la entrada para pagarle a la señora de la limpieza. Este mes no pienso dejar que me esquilme esa zorra de mi ex. No sé si esta rebeldía me va a durar lo suficiente como para gastarme el dinero en lo que me dé la gana, si tendré cojones de aguantar o recularé y volveré a pasar por el aro y pagar dócilmente como todos los meses el bienestar de esa zorra, que vete tú a saber en qué se gasta el dinero de mis hijos, mientras yo me veo negro para llegar a fin de mes. Sé la que me va a caer encima cuando hoy no le lleve el dinero, pero bueno… Alguna vez habrá que dejar de ser un borrego. ¿Qué más me puede pasar? ¿Que me manden a las Tres Mil Viviendas?

Como todos los maravillosos días de servicio bajo al bar de la esquina a tomar el primer café. El segundo lo tomo en la máquina de la comisaría por su efecto laxante. Me siento en el taburete habitual y, sin mediar palabra, el camarero me coloca delante la taza con el café solo. El ruido de la cafetera al calentar la leche me taladra el cerebro. El cabrón sonríe por lo bajo, sin mirarme. Los parroquianos ociosos que beben anís le imitan.

—¿Has dormido bien?

—Vete a la mierda.

—¿Haces horas extras de *caddie?*

—Tu padre, ¿de qué color mea?

Uno de los alcohólicos habituales consigue el premio de las tragaperras. Hay una alharaca general entre el resto de rostros verdosos. Hoy hay borrachera segura, y gratis, como manda el código de los licores.

El móvil, a media batería, empieza a vibrar en el bolsillo de la americana. Miro en la pantalla y veo el número del jefe. No recuerdo ningún motivo para una bronca tan temprana. Rechazo con un gesto la copa de coñac que el camarero pone junto a mi café, cortesía de la hermandad del alcohol.

—Vaya al polígono industrial de la Fundición. Una mujer ha encontrado el cadáver de un chico joven dentro de un contenedor de basura de los que hay al lado de la envasadora de aceite. ¡Venga, hostias, que son las once de la mañana! —La enloquecida melodía de la tragaperras se entremezcla con el sonido de las monedas sobre la bandeja de la máquina—. ¿Pero ya está usted bebiendo?

—Buenos días, jefe.

Cuando llego al lugar de los hechos, los agentes de policía han acordonado la zona y se emplean en retirar a los curiosos, obreros que fuman a la hora del bocadillo. El agente Gómez Minaya, el único compañero que tengo aquí, me saluda y señala a la mujer que ha encontrado el cadáver. La señora madura y rellena que tengo que interrogar se enfrenta a una pareja de municipales que le quieren poner una multa por no respetar los horarios para depositar la basura. Uno de los agentes de la policía local le pide que no los insulte o le sumará otra sanción. Me acerco al contenedor y veo el cuerpo. No puedo evitar que se me revuelva el estómago. No vomito porque no tengo nada que vomitar. Se trata de un chico de unos catorce años. Tiene los ojos y la boca abierta con una expresión de perplejidad. La cara la tiene parcialmente carbonizada, la ropa chamuscada, y exhibe una quemadura en la mano izquierda y otra en la pierna derecha. No hace falta ser forense para deducir que ha muerto electrocutado. Tiene la piel blanca y el pelo rubio como el mayor de mis hijos, complexión mesomorfa y baja estatura, como la gente balcánica. Le salen hilos de cobre por los bolsillos del pantalón: es un chatarrero. Los de la científica toman huellas.

—Esta mañana —me responde la señora— me ha tocado salir a tirar la basura. Al abrir la tapa del contenedor, me encontré con el muerto. Comencé a dar chillidos histéricos y una compañera llamó a la policía. Ya no sé nada más. Estoy perdiendo el jornal aquí parada. Y encima, como si no tuviera una bastante con este susto, llegan estos capullos de los municipales y me dicen que me van multar por tirar la basura fuera de horas. ¡Y una mierda!

Antes de marcharme de allí, con el móvil le hago un par de fotografías al cadáver y le digo adiós a Gómez Minaya. Al otro lado de la calle hay un bar que no he visitado antes. Me entran ganas de tomarme una cerveza a la salud de ese pobre chico sin suerte. Seguramente, ese acto de levantar el vaso será lo más sincero y honrado que recibirá de una policía demasiado ocupada en quedar bien con los políticos, a los que les importa una mierda la vida de un pobre y desgraciado inmigrante sin derecho a voto. Mi hijo tendrá mejor suerte que este desgraciado, aunque no la merezca más que él. A pesar de tener la lengua como un zapato viejo, me reprimo. Me bebería un cubo de cerveza y metería la cabeza dentro. Lo dejo para más tarde, para cuando tenga algo que contarle al jefe con lo que cubrir el expediente del día.

Voy en el coche al otro lado de ciudad en busca de respuestas. A las afueras, en mitad de la nada, está la chatarrería del viejo, un expresidiario violento y sin escrúpulos que acepta el material que le llevan sin hacer preguntas, y que ha dado lugar a que lo multe varias veces por comprar género robado, riesgo que asume a cambio de los beneficios que le procura la sisa que hace con una romana trucada que siempre marca menos peso del real. Al bajarme del coche me sale al encuentro su mastín. El viejo lo detiene de un silbido. Se encuentra rodeado de un grupo de muchachos jóvenes que no se fían de la lectura del peso del saco que cuelga del gancho de la romana. Detrás de los chavales se amontonan una docena de cubos de plástico con madejas de hilo de cobre retorcido y sin funda, listos para convertirse en dinero.

Me planto en la puerta de la nave enseñando la placa, ese gesto peliculero siempre causa efecto intimidador. La actividad se detiene en seco. Muestro al aforo el móvil con la foto del chico electrocutado y pregunto si alguien lo conoce. Nadie lo ha visto nunca. Entonces les digo que se marchen y que la mercancía queda confiscada. Los chicos se miran entre ellos y observan el cobre. Uno de ellos, el que parece el cabecilla, se me acerca y les enseña a los demás la pantalla del móvil. Todos asienten con la cabeza.

—Pertenece a la banda del Dimitri, un hijo de puta. Mejor no cruzarse con él, porque te quita lo que lleves por las buenas o te raja y te lo quita por las malas. Mejor no tener problemas con el rumano. Es chusma sanguinaria y peligrosa. Hasta el viejo le tiene miedo y le pesa con la romana buena. Nadie sabe dónde se esconde el Dimitri. Aparece cuando menos te lo esperas.

—¿Dónde actúa?

—Donde haya cobre que robar. Pero desde que pusieron el punto limpio del polígono de la Fundición no se le ve mucho por aquí. Allí tiene todo el material reunido y solo tiene que entrar a por él.

Ya tengo algo, pero es temprano para llamar al jefe, ya que corres el riesgo de que te mande otro asunto.

Regreso al polígono de la Fundición y, ahora sí, me tomo una jarra de cerveza bien fría en la barra de este bar, en el que dos rubias de bote preparan las mesas para la avalancha de obreros de ocho euros el menú. Una de ellas, la más tetona, responde a mis miradas. Pongo las monedas al lado de la jarra vacía. Se acerca a recogerlas y me mira. La huelo. Al inclinarse sobre la barra puedo ver el organdí rojo del sujetador resaltando el canalillo. Se aleja dejando una estela de promesas en su mirada. Noto una tímida erección. En el coche aprovecho el momento para hacer las desiguales partes con el sueldo: una para las pensiones de mis hijos; otra para la hipoteca de la casa familiar en la que viven con mi ex, que no tiene ingresos propios; otra para el alquiler del piso en el que vivo y sus gastos de mantenimiento y, por último, la mierda que me queda para comer y beber todo el mes. En el móvil consulto la ubicación del punto limpio. Voy hacia allá.

Un cartel señala la instalación al final de una calle asfaltada y desolada en la que no hay ninguna nave industrial cerca. Me acerco a la verja de la entrada y un desganado tipo que está al otro lado me indica con gestos que está cerrado. Bajo la ventanilla del coche y le enseño la placa. El hombre me dice que es el encargado. Descorre la verja y aparco en la explanada. Me dice su nombre y me ofrece su mano. La estrecho. Me hace pasar a un pequeño habitáculo que sirve como oficina y al que los asaltantes le han desencajado las rejas de las ventanas, roto los cristales, arrancado las tuberías del cuarto de aseo y los cables de los enchufes, y destrozado la taza del váter. Abre su carpeta y me muestra un buen puñado de denuncias que tiene acumuladas sin que se haya detenido a nadie por esos destrozos. Luego me lleva a una zona techada y vallada, donde los usuarios depositan los aparatos eléctricos y electrónicos de los que se deshacen, y que se encuentra asolada por el robo que ha tenido lugar la noche anterior.

—Para robar no hace falta hacer tanto daño —se queja el hombre—. Vienen de noche a por el cobre un par de veces por semana y si no se les detiene es porque no les sale de los cojones a sus compañeros o porque alguien de más arriba pilla algo.

No le digo que quizá tenga razón, que esos robos no dan titulares ni medallas. No tengo conocimiento de dichas denuncias. Entonces le ofrezco un cigarrillo, y después de un par de caladas se calma un poco.

—Roban aquí desde que se abrió esto. Una noche me quedé frente a la puerta, escondido en el coche para sorprender a los ladrones. Apareció una furgoneta y bajaron un grupo de chavales y un tipo alto, con una camiseta ceñida al buche y la endemoniada cara de un hijo de puta. Cuando forzaron la puerta, salí a ahuyentarlos. Un puñado de ellos arrojó contra el coche los hierros y los ganchos que llevaban en las manos, lo abollaron, rompieron los cristales, y tuve suerte de poder esquivar a la furgoneta que trató de arrollarme. Me hubieran matado, nunca había visto tanto salvajismo. Se lo dije a mis jefes y me contestaron que si me pasaba algo fuera del horario de trabajo era mi problema, que ellos no pagaban héroes.

Damos una vuelta por el establecimiento y podemos ver los innumerables destrozos. Me señala unas arquetas sin tapadera, abiertas en el suelo.

—Pero lo de anoche lo supera todo; se han llevado las farolas y los cables de la instalación eléctrica: más de ciento cincuenta metros de mangueras de cobre que estaban conectadas a la corriente eléctrica. No sé cómo no me he encontrado a alguno de los ladrones electrocutado.

Llamo al jefe para informarle de mis progresos. Me dice que me quiere ver toda la tarde en la comisaría para que termine de una puta vez de redactar los informes que tengo pendientes de las últimas semanas y que los quiere ayer. Me paso toda la tarde delante del ordenador y relleno un montón de informes de mierda que no sirven para nada. Termino de papeles hasta los cojones. Cuando voy a salir de la comisaría queda poca luz en el atardecer. Tengo una gran necesidad de un tomar un trago, de la misma manera que otro necesita meterla en cualquier agujero de mi ex.

—Aquí hay una rumana que pregunta por un hijo que le ha desaparecido. Me parece, por la foto que trae, que es el chico que encontramos esta mañana —me anuncia Gómez Minaya antes de que pueda ganar la calle.

La mujer está sentada en un banco de la sala de espera. Le hago un gesto con la mano para que me siga. Se levanta y se sienta al otro lado de mi mesa. Es joven, pero en su cara la miseria ha dejado profundas marcas. Se cubre el pelo con un pañuelo y no levanta la vista del suelo. Antes de hablar le enseño la foto que le he hecho con el móvil al muchacho electrocutado. Nada más mirarla se lleva las manos a la cara y empieza a convulsionar en un llanto histérico. Da lastimeros alaridos y grita lo que debe ser el nombre de su hijo. Duele ver a esa mujer destrozada. Voy al despacho del jefe. A estas horas de la tarde está magnánimo porque termina su jornada, si no hay contratiempos. Le pido permiso para llevar a la mujer al Instituto Anatómico Forense y que pueda abrazar el cuerpo de su hijo.

—Abrevie y márchese pronto a casa, que tiene cosas más importantes que hacer por la mañana temprano.

Delante del cadáver cosido tras las incisiones, tendido sobre una mesa metálica con restos de sangre, la mujer se desmaya. Con la ayuda de un eficiente empleado, que sabe cómo solventar estas situaciones, la sentamos en un banco del pasillo y entre los dos la podemos despabilar a base de zarandearla y darle suaves golpes en las mejillas. Se levanta y, aturdida, va de nuevo hasta su hijo y lo abraza, y apremiada por el empleado para abandonar la sala, se despide de él. Al salir a la calle, le propongo tomar un café, a lo que ella acepta. Entramos en un bar. Pido una cerveza y ella un café con leche. Guarda silencio, hasta que el camarero nos sirve. Sin levantar los ojos de la taza, en un deficiente español, me dice que un tal Dimitri, un hijo de puta sin entrañas, obliga a los hijos de los inmigrantes a robar para cobrarse del dinero que le presta a sus familias por darles un techo cuando llegan de sus países, que abusa de ellos, y si alguien se niega a obedecerle, le hace la vida imposible. Le pregunto si quiere poner una denuncia. La mujer se bebe el resto del café, se levanta de la mesa y, antes de marcharse, me mira a los ojos con el desamparo más atroz que he visto en mi vida.

—¿Una denuncia?

Le hago un gesto con la mano para que espere. Meto la mano en el bolsillo de la americana y saco la parte del sueldo destinado a la pensión de mis hijos. Hago una gilipollez: se la entrego y la mujer me mira con agradecimiento y lágrimas en los ojos. La coge y desaparece.

Regreso a comisaría. En su despacho, el jefe está recogiendo sus cosas para irse a casa o a donde le dé la gana. Le digo que voy a por el Dimitri. Se acerca y me da una palmada en la espalda que quiere decir «así me gusta». La dotación del operativo para detener al rumano ha consistido, en un exceso de implicación por su parte, en cuatro agentes armados, repartidos en dos coches camuflados en los aparcamientos de la fábrica de envases plásticos, desde la que se divisa el punto limpio y cuya misión es impedir la huida del Dimitri si se nos escapa al agente Gómez Minaya y a mí, ocultos dentro de la instalación. El cebo que hemos puesto para atraerle, que previamente nos hemos encargado de airear esa misma noche por los bares del polígono industrial y la chatarrería del viejo, es una carga de ordenadores y lavadoras que nos ha prestado un reciclador de la ciudad vecina. Por medio de los pinganillos estamos en contacto con los agentes que esperan fuera.

A eso de la medianoche el grupo de muchachos asalta la instalación. Ni rastro del rumano. De forma ordenada, los chavales se ponen a coger los aparatos y colocarlos en el exterior de la verja. Los compañeros nos avisan de que acababa de pasarles una furgoneta que va en dirección al punto limpio. En cuanto se para frente a la verja, se abre la puerta y sale, dando órdenes a los chavales, un tipo con cara de hijo de puta. En ese momento mi compañero y yo lo deslumbramos con las linternas y pistolas en mano le damos el alto. Los chicos, en lugar de huir, dejan los aparatos en el suelo y nos rodean, impidiéndonos el paso para que a su jefe le dé tiempo a esfumarse. La furgoneta huye echando leches. Aviso a los compañeros que están fuera para que le corten el paso. Por el pinganillo oigo perfectamente la voz del jefe ordenándoles que abandonen el puesto y se dirijan al centro de la ciudad, porque se ha producido el asalto a una joyería y hay rehenes de importancia. De nada sirven mis protestas. El jefe zanja el tema diciéndome que la detención del rumano puede esperar, que lo importante es salvar a los rehenes de la joyería.

Dejo escapar a los chicos y regreso con el agente Gómez Minaya al bar del polígono, que sigue abierto. La rubia de bote de esta mañana está detrás de la barra calentando a un par de babosos mal encarados que están de caballo hasta las orejas. En su escote el profundo canalillo es la brújula que señala el norte de la noche. La compañera ha terminado de barrer el salón y se dispone a sacar la bolsa de la basura. Mi rubia se acerca. Está radiante. No hay asomo de cansancio ni en su cara ni en sus tetas, que siguen enhiestas como los pitones de un toro.

—Vamos a cerrar —dice con amabilidad luminosa.

—Ponme una cerveza, por favor —le pido—. Una cerveza para aguantar la vida sin ti, preciosa. Y a este ponle lo que quiera.

El agente Gómez Minaya se pide un cubata de ron y se lo bebe de un trago.

—Cualquier día no sales vivo de una de estas. Me llevo a esos dos pringados para que tengas el campo libre.

Se acerca a ellos y les dice algo al oído. Los pringados desaparecen del bar con el agente Gómez Minaya detrás de ellos. La compañera se despide. Nos quedamos solos en el bar la rubia y yo. Al servirme otra jarra me pone las tetas en la cara. Voy al cuarto de baño. Meto la mano en el bolsillo de la americana. Junto todos los billetes y hago un nuevo montón con la pensión de mis hijos y otro con el importe del alquiler y los gastos del piso. Los guardo de nuevo en el bolsillo. Después, cuento lo que me queda: hay para pagar a la rubia y, con suerte, si no pide mucho, para beber un par de semanas de este mes. Ella me espera como el cajero de un banco. Dejo unos billetes sobre la barra. Ella los coge y los cuenta. Acepta. Atraviesa el bar y cierra la puerta con llave. Apaga algunas luces. De regreso al lugar en el que la miro va quitándose la ropa. Me hace un gesto con el dedo para que la siga. Enfila unas escaleras color cielo y la sigo hipnotizado por el acompasado meneo de su culo. Le pegunto cómo se llama, de dónde es. Sin volverse, me dice que es rumana, que se llama como yo quiera y que hace estos trabajos para ayudar a sus padres a pagar una deuda. Llegamos a un pasillo apenas iluminado. Antes de entrar en la habitación se queda desnuda y mete el dinero en un cajón de la mesita de noche. Como si un relámpago me electrizase el cerebro, recuerdo que este fin de semana mi ex me deja a los niños porque le estorban para un viaje que tiene planeado con mi mentor. Les prometí unos videojuegos nuevos para que no me dieran el coñazo con las cosas que su madre les compra (con mi dinero). Estoy de pie. La chica, sentada en la cama, se abalanza sobre mi bragueta. Pone todo su empeño y ganas en hacerme un buen trabajo. La miro y siento pena. Me dejo hacer. Solo cuando termine le enseñaré la placa y le pediré amablemente que me devuelva el dinero.

Cuando salga, de camino a casa, beberé cerveza hasta que la conciencia me deje dormir.

En tu nombre, Natasha

El Jerry mató a Natasha, mi amor. Juré que le sacaría los ojos con mis propias manos. Lo único bueno que he tenido desde que llegué a este país hace un año engañada como Natasha, como tantas otras muchachas, obligadas a vivir un infierno. La conocí marcada por las magulladuras y moratones causados por su chulo, sentada en la sala de espera de un hospital de esta ciudad, donde me refugié tras escapar de la banda de hijos de perra que me explotaba en la frontera. Salté de una furgoneta en marcha metiéndole un navajazo en un ojo al hijo de puta que me iba a dejar tirada en un puticlub a cambio de dos nenas más jóvenes que yo, como si yo fuera una mierda que todo el mundo iba a tener derecho a pisar. Y en mi fuga recalé aquí, cuando me quedé sin dinero, en la otra punta del país, en esta ciudad como pudo ser en cualquier otra. Busqué un trabajo decente para que me explotaran a cambio de un sueldo miserable y no encontré nada. Mucha reunión con el asistente social, mucha charla orientadora en la búsqueda activa de empleo, mucha colaboración con gente feliz que toma café, come y duerme todos los días y que practica una solidaridad limpiaconciencias, que no me sirvió para pagar un alquiler y llevar una vida aburrida y decente. Volví a mi oficio de puta, el único que he ejercido desde que salí de mi país. Fui al hospital a pasar la revisión de mi vagina y allí estaba ella, frágil y sola. Hablamos y nos dimos mutua compañía con las palabras y prometimos ayudarnos si era necesario.

La mató hace dos días, cuando se confunde el viernes por la noche con la madrugada del sábado y la clientela va necesitada de casi todo. Yo fumaba en la acera del polígono abandonado en el que trabajamos las putas mientras esperaba a que apareciese un nuevo cliente. Al otro lado de la calle podía ver el trasiego de las chicas con los puteros, a los chulos haciendo posturas sobre los capós de sus coches, consumiendo coca y vigilando que sus mercancías les entregasen lo que iban facturando a lo largo de la noche. No podía ver a Natasha porque había sido de las últimas en llegar al polígono y tenía que ocupar el lugar que le correspondía a las nuevas, apartada de la vista de los clientes, hasta que alguna dejara su sitio y ella pudiera ocupar su puesto y acercarse a la luz de la rotonda, donde la carne es visible y se vende mejor.

De pronto, se armó un revuelo, interrumpiéndose la cadencia de la oferta y la demanda. Manolo, la Pantoja, salió de la espesura de los matorrales, se tiró al suelo en mitad de la carretera y empezó a gritar como una loca. Pataleaba entre las luces de los coches de los clientes que avanzaban despacio comparando la mercancía que se ofrecía en las ventanillas bajadas. Algunas de las chicas que no trabajaban en ese momento, entre las que se encontraba Juana, la Pechos, la apartaron de la carretera antes de que algún desalmado le pasase por encima con su coche. La depositaron contra el tronco de uno de los árboles de la acera para que se tranquilizara. Los clientes, alertados por una posible movida, empezaron a huir. Se produjo un caos de bocinas y prisas. Entre la confusión de luces y carreras, vi a Juana, la Pechos, corriendo hacia mí, sin oír las voces de sus compañeras, que la apremiaban para que se metiera en el coche de su macho y se dejase de llantos, que bastante tenían con salir bien paradas de allí. Pero ella siguió atravesando el asfalto para venir a darme la noticia de la muerte de Natasha, porque sabía que yo la quería y estaba enamorada de ella, y que si seguía ejerciendo de puta en aquel descampado, era por no perderla de vista, por estar pendiente de ella, por ayudarla si le hacía falta, porque es lo menos que se puede hacer por la persona a la que se ama, aunque ella me había dejado claro que podíamos follar de vez en cuando, pero que no quería liarse de verdad con nadie, que no tenía ánimo ni ganas y porque no merecía la pena sufrir por nadie, que bastante asquerosa y mala era la vida de puta como para complicársela con amoríos.

Juana, la Pechos, me contó que Manolo, la Pantoja, entre llantos y con la medalla de la Virgen de la Cabeza apretada en la mano, le dijo que a Natasha acababan de matarla, que mientras estaba entre los árboles trabajándose una mamada con uno de esos hombres de traje oscuro y voz de militar, de esos que reniegan de todos los maricones, oyó cerca unos pataleos y le pareció escuchar la voz ahogada de Natasha. De la oscuridad sobresalían las amenazas de una conocida voz de hombre. Seguidamente se oyó un golpe seco contra el tronco de un árbol, unas pisadas que huían y el desplome cercano de un cuerpo. Su cliente se asustó al ver una cabeza rubia ensangrentada entre los hierbajos, a pocos metros de la espalda de Manolo, la Pantoja. Guardándosela, le tiró el dinero sobre las hierbas, corrió entre los matojos rasgándose los pantalones y huyó en su coche a toda hostia. Cuando Manolo, la Pantoja, fue a rescatar los billetes esparcidos por las hierbas, antes de que el viento se los arrebatase, tropezó con la cabeza de Natasha, que aún no estaba muerta porque de la boca le salía un hilillo de voz y de sangre. Le sujetó la cabeza entre sus manos y, antes de cerrar los ojos y morir, ella le sonrió. No vio al que la había matado, pero sabía quién había sido el asesino. Yo también lo sabía, casi todas lo sabíamos. Después de dejarme destrozada, llorando en la acera, vino su chulo a por ella y se fue con él en el coche y despareció, como todo el mundo, incluido Abdul, el Turco, que no tenía que haber dejado su cadáver solo entre la maleza, como el de un animal abandonado. Cuando pude reaccionar después de unos minutos paralizada, fui a despedirme de su cuerpo entre los matojos, pero llegó antes un coche de la policía y tuve que huir para no tener que estar toda la noche dando explicaciones a esos cabrones.

Al llegar a casa, no pude dormir. Me levanté al poco rato harta de dar vueltas en la cama. Me puse un chándal, me subí en el coche y fui al lugar donde el Jerry la había matado. Había varios policías delante de la cinta perimetral que rodeaba la zona. Entre los matorrales pude ver a varios hombres con monos blancos. Llegó un tipo trajeado, que debía ser el juez. Me demoré por los alrededores un buen rato hasta que pude ver cómo metían su cuerpo tapado por un papel amarillo sobre una camilla dentro de un furgón. Se la llevaban a la morgue para hacerle la autopsia.

Regresé a casa y me tendí unas horas sobre la cama, sin poder dormir, rota por dentro. Cerraba los ojos y veía su rostro ensangrentado, hablándome y pidiéndome ayuda. Necesitaba hacer algo para no volverme loca. Tras una buena ducha, bajé a la bodega del Suso, en los bajos del mismo edificio de pisos en el que vivía. Como todos los sábados, había obreros ocupando el salón, bebiendo cerveza y jugando a las cartas y al dominó. Me senté en un taburete en el extremo de la barra. Sin pedir nada, apareció el café y la media tostada con aceite. No tenía hambre. En la televisión, inaudible, unos titulares que recorrían la parte inferior de la pantalla daban la noticia del hallazgo del cadáver de una mujer joven, encontrado por la policía entre los matojos de la rotonda del polígono industrial abandonado en el que se practicaba la prostitución. Todo apuntaba a un ajuste de cuentas, anunciaba el intrépido rotulista. Se veían las imágenes del cadáver transportado en la camilla por los hombres del furgón, cuando de golpe, impidiéndome la visión, se me puso delante un obrero grande como un gorila y me dijo que me conocía, que tenía un día de suerte con las tragaperras y que quería que una ramera se la chupase en el cuarto de baño. El Suso se acercó y me preguntó si me estaba molestando. Le dije que no. Nunca necesité la protección de ningún tío. Le contesté al energúmeno que no estaba trabajando y que si quería algo que se pasase a la noche por el descampado. El tipo se molestó. Con aire chulesco me escupió que para ser puta era muy soberbia y que tuviera cuidado, porque cualquier día me podía pasar como a esa furcia que habían encontrado muerta. En ese momento noté cómo me venía la arcada. Me levanté del taburete y le pedí que viniera conmigo al cuarto de baño. El Suso acudió alarmado por si pasaba algo y le detuve con un gesto de tranquilidad. Primero entré yo y luego el mastodonte. Una vez dentro, le pedí que cerrase la puerta y que se la sacase. El tipo obedeció y cuando la tenía fuera se la retorcí con las dos manos hasta que me suplicó que se la soltase, llorando de dolor. Desmayado, se desplomó contra el suelo. Me bajé las bragas y me meé en su cara. Cuando una mujer dice no es que es no. Las putas también somos mujeres. Eso no me convierte en una cosa, tengo mi dignidad y mi voluntad.

Por fin cumplió su amenaza el hijo de puta del Jerry, que se la tenía jurada a Natasha desde que ella lo abandonó. En su fuga a otra zona de la ciudad para escapar de él unos meses atrás, se había refugiado en Abdul, el Turco, al que había conocido como vendedor ambulante en el puesto colocado junto a la puerta de su casa, un mierda manso y cargado de mujer e hijos a los que alimentar, un hombre que no le robaba ni le pegaba, le hacía la casa, le hacía la comida, la trataba como a una reina y se encaraba con quien la molestara o no quisiera pagarle. A cambio, ella le daba una parte de lo que ganaba, y de vez en cuando se acostaba con él. Pero ese no era un hombre para una puta, era un pobre desgraciado incapaz de defenderla. Ella no abandonó al Jerry por Abdul, lo abandonó porque le iba la vida en ello.

Hace algo más de un mes, cargada con lo poco que guardaba en las maletas, me llamó por teléfono y me pidió ayuda. Al principio, no caí en quién era, pues no la había vuelto a ver desde aquella noche en el hospital. Me dijo que ese hijo de puta del Jerry la había encontrado en el lugar en el que se había escondido para ejercer su oficio y que ciego de coca le había dado una paliza que casi la mata y que no sabía a dónde ir. Fui a por ella. Podía caminar a duras penas, pero no quería ir a ningún hospital, solo quería desaparecer. Estuvo llorando todo el camino en el coche hasta casa. Las primeras semanas de su desaparición las pasó sin salir, sin coger el teléfono. Yo estaba encantada de tenerla conmigo. Hacíamos vida de novias. Le pedía que no tuviese prisa en volver a su trabajo, que ya no estaba segura en esta ciudad, que podíamos irnos y empezar otra vida en otro sitio. Le conté que en el polígono donde trabajaba pude enterarme de que entre los chulos se parlaba que cuando el Jerry fue a buscarla para ponerla a trabajar y no la encontró, echaba la bilis por la boca. Estaba fuera de sí, no dormía a base de farlopa y de priva, e iba jurando a todas horas y a todo el que quisiera oírle que la iba a rajar en canal y sacarle las tripas en cuanto se la echase a la cara; que nadie se la juega al Jerry y se queda como si nada; que era una puta mala y desagradecida, después de todo lo que había hecho por ella, de lo que había invertido para sacarla adelante y que no iba a permitir que un mierda sin oficio ni beneficio se enriqueciese con su puta y que cuando se encontrase al moro le iba a cortar los cojones y metérselos por la boca.

Una noche, al regresar del trabajo, me la encontré colgada de caballo, tirada en el sofá y con los ojos negros de llanto. Me dijo que prefería morir a estar enjaulada, que iba a seguir trabajando el tiempo necesario para ahorrar un poco de dinero y volver a su país, que ya estaba harta de dar tumbos, que volvería a su casa, con su madre y con sus animales. Le dije que no hacía falta que trabajara, que yo le prestaría el dinero, pero lo rechazó. Se tintaría el pelo, cambiaría de nombre y se instalaría en el polígono en el que yo trabajaba haciéndose pasar por otra, porque allí el Jerry no tenía a ninguna chica, y tendría la protección de Abdul, el Turco, que le había buscado un piso en una zona segura para no comprometerme. Este la acompañaría a todas horas y se iría a dormir con ella después del trabajo.

Sin escuchar mis súplicas y mis advertencias sobre el riesgo al que se exponía a ser descubierta, se presentaron los dos en el polígono. Se puso a trabajar en el lugar que le asignaron las más antiguas, el peor de todos. Muerta de miedo, fui a verla. Antes de subirse al taxi con Abdul, el Turco, la detuve por el brazo y le imploré:

—Vámonos —le dije—. Toma dinero y desaparece si no quieres que vaya contigo. Vete, cambia al menos de ciudad si no puedes cambiar de vida. Cualquier noche se presentará el Jerry aquí y te matará.

Pero ella no quiso mi dinero. La envidia es el arma más traicionera que existe, después de la avaricia. Yo sabía que alguna puta la reconocería y la delataría.

Por la tarde, después de intentar sin éxito dormir la siesta, no pude ponerme la minifalda ni las medias, ni aprisionarme las tetas, ni pintarme para ir al trabajo. Ya no estaba Natasha, no tenía sentido seguir allí sin ella. Un nudo en el estómago me ahogaba. Encendí la televisión por escuchar algún ruido. Me senté en el sofá y lloré. Me sentí como una niña a la que le violan a la madre delante de sus narices.

Llegó la noche. Había dado una cabezada en el sofá de puro abatimiento. Apagué la televisión. Me puse los vaqueros, una camiseta ancha, una rebeca, un fular y las botas. Luego, me senté en la cama de mi habitación y llamé por teléfono a Abdul para que me proporcionase alguna pista con la que localizar al Jerry. Le llamé varias veces, pero no cogía el teléfono, el puto moro. Decidí ir a su casa. No me importaba correr peligro. He corrido peligro toda mi vida. Siempre supe defenderme. No recuerdo una sola noche en la que el desgraciado del novio de mi madre no se metiera en mi cuarto y me manosease mientras ella dormía, borracha. Hasta que un día me pidió que se la chupase y le clavé las tijeras del pescado en los cojones. Cogí el bolso y metí dentro la navaja automática.

Por las escaleras miré en la agenda del teléfono la dirección de Abdul que me había facilitado Natasha. Fui en mi coche. Vivía en un barrio de la periferia. Atravesé la última manzana y llegué a las calles de los árabes. Aparqué frente a la puerta de su casa. No había timbre. Llamé varias veces con los nudillos. Al cabo me abrió la puerta una mujer rodeada de niños morenos que revoloteaban a su alrededor. Tenía el pelo cubierto por un velo. Le dije que estaba buscando a su marido para darle un recado del consulado. Me contestó que estaba en su taller, que ahora trabajaba de noche y vendía durante el día en el puesto; que les iba bien y que les dijese a los asistentes sociales que no tenían deudas y que sus hijos iban a la escuela. Le ordenó al mayor de los niños que me acompañase hasta el taller. El crío me cogió de la mano y tiró de mí hasta que llegamos a una calle apartada, mal iluminada, llena de cocheras y trasteros, una calle en la que era igual de fácil que te violasen que tropezar con alguna de las muchas ratas que se cruzaban entre los contenedores. El niño al soltarme la mano me indicó cuál era el taller de su padre y se fue volando sobre los adoquines.

En la fachada del local había pintado un bolso de cuero y escrita con grandes letras la palabra «marroquinería». El portón estaba bajado, pero no tenía echada la cerradura. Por la rendija salía luz a la par que un olor dulzón y un zumbido que cambiaba de tono. Me puse el fular sobre la nariz. Al subir el portón, un ejército de moscas huyó por mis lados, impactándome algunas en la cara. En una especie de cuartucho sin embaldosar, iluminado por un pequeño farol con espejos de colores, tras una mesa de trabajo se encontraba sobre una silla, maniatado y desnudo, el cuerpo de Abdul. Había sido castrado y le habían metido sus genitales en la boca. Estaba cubierto de moscas que se turnaban para succionar la sangre que le cubría la entrepierna y chorreaba hasta el suelo. El Jerry había cumplido su promesa.

Sobre un bolso de cuero a medio terminar de coser estaba su teléfono móvil. Lo encendí. No tenía clave de acceso, así que pude mirar el registro de llamadas. Las últimas eran las mías. Otro número se repetía con frecuencia y a intervalos muy cortos. Llamé desde mi teléfono a ese número. Me contestó una voz femenina que arrastraba erres balcánicas. Pregunté por el Jerry. Me contestó que allí nadie respondía a ese nombre. Le dije a la chica que acababa de llegar del extranjero, buscaba trabajo y me habían dicho unas compatriotas que él me podía ayudar. Me dijo que esperase un momento, y apenas un minuto después me citó media hora más tarde en una sala de fiestas cerca del centro, cuyo cartel anunciador había visto varias veces al pasar por allí.

Aparqué unas calles antes de llegar a mi destino. Un gorila vigilaba la puerta del local. Le dije la contraseña que me había facilitado la chica del teléfono. Me registró el bolso y me cacheó. No encontró la navaja escondida en el sostén, entre las tetas. Era un garito con poca luz y mujeres jóvenes con ropa ceñida de colores chillones, que tras la barra llenaban copas de diversos licores y se movían al ritmo de una música hortera y contundente. Algo retiradas, sobre la mesas que se orientaban hacia la pista de baile, brillaban las rayas blancas en bandejas plateadas junto a bebidas azules. Había hombres que se desparramaban sobre chicas con cuerpos sin acabar, chicas de pieles tersas y asustadas que acariciaban camisas de colores y cadenas de oro y brillantes que destacaban sobre hinchados cuerpos peludos, bronceados con la salud y la vida de las desgraciadas a las que explotaban. Una de las camareras se me acercó y le dije lo que buscaba. Me señaló una puerta medio camuflada junto a la de salida y me dijo que esperase allí. Entré y me senté en un sofá que olía al miedo y a la desesperación de las mujeres que habían pasado por allí. Cinco minutos después, cuando oí que se abría la puerta, me tapé la cara con las manos. Vigilaba entre los dedos. Entonces, entró un tipo que se presentó como el Jerry. Se le notaba que disfrutaba con la escena mientras se me acercaba. Aquello le excitaba, porque se estaba tocando la polla mientras decía con palabras suaves que me tranquilizase, que él cuidaría de mí. Me levantó la cara. Le escupí. Armó el puño, pero antes de que me soltase el golpe le clavé la automática en los cojones. Empezó a brotar sangre como si estuviera meando. Iba a gritar, pero lo silencié con un tajo en el cuello. Se desmayó y cayó sobre el sofá. Me aparté a un lado para que no me salpicara su asquerosa sangre. Con la punta afilada de la automática le saqué los ojos y lo dejé desangrándose. Me limpié las manos en el sofá. Salí de allí y en cuanto pude eché a correr.

Fui hasta el depósito de cadáveres y le dije al guarda de seguridad que era familia de la chica extranjera que había muerto en el polígono. Ninguna de las ingresadas respondía al nombre de Natasha. Tuve que hacerle una paja para que me dejase entrar. Me acompañó hasta su cuerpo, tapado con una sábana sobre una mesa de aluminio en una sala con luz fría en la que había otros cuerpos tan solos como el suyo. Estaba tumbada boca arriba y con las palmas de las manos hacia abajo. El guarda le destapó la cabeza. Me dijo que podía quedarme un rato y se marchó. Cuando me quedé a solas con ella, le di un beso en la cara y le metí en cada una de sus manos un ojo del Jerry. Me despedí de ella mientras un canal de lágrimas me surcaba el rostro. Se merecía la misma justicia que cualquier otra mujer asesinada.

Al salir a la calle, sentí un enorme vacío. Mi tiempo en esta ciudad había acabado. Regresé a casa. Por la mañana metí en unas maletas todo lo que me habría de acompañar para empezar en otro lugar. No sé si una nueva vida o la continuación de esta. Antes de salir de viaje fui a la bodega del Suso y pedí una cerveza. Tenía que celebrar que en el mundo había un hijo de puta menos.

Ahora viajo sin rumbo, sin destino. He pensado regresar a mi país. No sé lo que haré. En la radio hablan de un asesinato entre proxenetas, un ajuste de cuentas. Me alegro, y pienso en Natasha.

Algunos hombres buenos

Mi compañero y yo esperábamos a la unidad antidisturbios que iba a ejecutar el desahucio de unos okupas de uno de los pisos del barrio próximo a la comisaría. Vigilábamos por si acudía algún grupo de apoyo antisistema para atrincherarse en las puertas del edificio y avisar a la central para pedir refuerzos. Pero la calle estaba tranquila. No había tumultos, solo unos pocos transeúntes, aunque ya eran las doce de la mañana. De no ser por el bochorno parecería que no fuese verano, sin turistas en los comercios con las carteras dispuestas a cambiar de bolsillo. Decidimos entrar a tomar una Coca-Cola en el bar del armenio, justo enfrente del edificio que teníamos que vigilar. El armenio, un hombre menudo y viejo que desde que lo salvamos de un atraco en su local nunca nos cobraba. El hombre fue encañonado por un gigante enmascarado que se cayó al suelo del golpe en la cabeza que le dio mi compañero con la porra. Había aprendido la lección y ahora no dejaba que se trapichease con droga en su garito. En la puerta del bar un perro miraba hacia dentro del local. Estaba atado a un árbol. Era el perro del viejo solitario que vivía en un edificio medio en ruinas al final de la calle y que compartía con okupas y yonquis. De vez en cuando se emborrachaba, se asomaba en pelotas al balcón y amenazaba con tirarse si el ayuntamiento no le llevaba una puta gratis con la que satisfacer sus necesidades primarias. Los poderes públicos debían velar por el bienestar de los ciudadanos, pero nunca se tiraba. Lo acaricié. Siempre me han gustado los perros, me he criado con ellos.

—Buenos días, amigos. ¿Lo de siempre?

Nos sentamos en un taburete cerca de la cristalera frente al edificio y dejamos las gorras sobre la barra vacía, junto a las porras. Manuel, mi compañero, tenía la calva perlada de sudor. Yo me levanté la coleta. Tenía la nuca mojada. Entré en el cuarto de baño y me refresqué la cara. En la televisión las noticias anunciaban los preparativos para la reunión que iban a tener los líderes mundiales en la ciudad, una reunión sobre sostenibilidad y crecimiento económico. En una de las mesas el viejo solitario apuraba con fruición un bocadillo de calamares y amontonaba las migajas en una servilleta de papel. No tenía bebida y se le hacían nudos en la garganta al tragar. Entre la comida y el calor se iba ahogar.

—Ponle un vaso de agua a ese hombre, armenio. Mejor, ponle un vaso de vino, que se lo pago yo.

—Qué rumbosa estás hoy —celebró mi compañero.

Por la radio que llevamos colgada en la cintura una voz habitual nos ordenó que regresáramos a la comisaría cuanto antes. Se abortaba la operación del desahucio de los okupas. El armenio había sacado un pequeño plato de pollo empanado para acompañar los refrescos. Lo dejó sobre la barra y regresó a la cocina a remover unas ollas de las que salía el humo del menú. Mi compañero me miró y le llevó el plato al perro, que tiraba de la cadena y daba saltos moviendo el rabo. Manuel es un buen hombre. Ahora debe estar pasándolo mal con la suspensión de empleo y sueldo, y con tres bocas que alimentar. Tranquilamente nos terminamos la bebida y salimos a la calle. Nada era tan urgente como apagar la sed. Tenía pinta de joderse la mañana.

El comisario concentró en el patio de la comisaría a todas las unidades disponibles. Como siempre que arengaba, se asomaba a la ventana de su despacho y desde allí lanzaba el discurso.

—Debido al crucial momento que atraviesa la ciudad con la próxima celebración de una reunión que atraerá a autoridades y empresarios internacionales, la actuación a realizar hoy tiene la consideración de una misión de máximo nivel; no se permitirán cámaras ni periodistas que pongan en entredicho nuestra intervención y, si fuese necesario, se emplearán los métodos expeditivos adecuados. ¿Alguna pregunta?

En formación pasamos por el armero, cogimos todos los accesorios antidisturbios y nos montamos en los furgones policiales que esperaban alineados en la puerta del edificio. Al ver las numerosas unidades dispuestas alguien preguntó qué pasaba, dónde íbamos, a qué guerra…

Nos subimos al furgón. El conductor, que había recibido instrucciones por la emisora interior, informó que nos mandaban a un poblado chabolista con la orden de evacuar a los habitantes y proteger de sabotajes la maquinaria que debía demoler los miserables y molestos chamizos que afeaban la visión de la ribera del río, destinada a convertirse en una bulliciosa zona comercial y financiera, antes de que los grandes dignatarios internacionales posasen sus ojos en esas malformaciones estéticas emponzoñadas de indigencia que daban una nefasta imagen de la ciudad. Era fácil de entender.

En la penumbra del interior del furgón podía ocultar la vergüenza que sentía al oír aquellas explicaciones. Para no llamar la atención de mis compañeros, recurrí a la evasiva rutina del ajuste de botas, a los chasquidos secos y metálicos de las hebillas, al recuento de cargadores y pelotas de goma. A pesar de los años de experiencia en el cuerpo, conforme sentía que me acercaba al destino, la garganta se me atoraba con un nudo amargo y me costaba tragar saliva, porque deseaba no tener que enfrentarme a esas pobres criaturas, víctimas de un abandono que conocía demasiado bien. Si las autoridades demolían sus viviendas, ¿quién se iba a hacer cargo de esos desgraciados?, ¿dónde iban a vivir?, ¿qué pasaría con los niños?

El furgón se detuvo al llegar al destino y una locución interior nos ordenó que antes de salir al descampado recordásemos lo que se esperaba de nosotros y, sobre todo, nos repetía que no dudásemos en utilizar nuestras armas contra aquella gentuza para defendernos en caso de necesidad.

Frente a las chabolas, junto a los cristales tintados del vehículo, protegida por el casco y las gafas de sol, miraba el desalmado y desvaído aspecto de ese poblado, cuya desolación y tristeza me golpeaban en el alma y asumía que lo que íbamos a hacer no era propio de los hombres buenos. En la operación había más coches policiales que casas por demoler. En pocos segundos sitiamos el lugar con una sucesión de movimientos perfectamente coordinados que se engranaban con la precisión coreográfica de una danza harto ensayada. Algo retiradas de las chabolas se alineaban las máquinas excavadoras con sus hinchados vientres amarillos, expectantes como fieras dispuestas a saltar sobre sus presas. Una unidad se apostó delante de los furgones, dispuesta a no dejar pasar a curiosos ni a periodistas que molestasen. Se produjo un silencio tenso y polvoriento, un silencio de camposanto. El tiempo detenido como un fatal preludio. Segundos después, ese silencio era ultrajado por las órdenes secas y contundentes del comisario, situado en el centro de la explanada en la que convergían las calles de chabolas, en el centro de la Plaza Mayor de la Miseria.

—¡Tapad salidas, avanzad escudos, sacad las porras, cubríos las espaldas, dejad el campo despejado a los tiradores!

A mi grupo nos ordenó rodear una posible vía de fuga, un descampado que había frente a un cruce de callejones, un espacio asolado y amplio, bordeado por casetas de tejados bajos de chapa que nos deslumbraban con los rayos de sol de la mañana incidiendo sobre ellos. Nos conminó a que, a su orden, exhortásemos a los chabolistas, mediante patadas en las puertas, a que fueran saliendo de las casuchas para llevarlos ante él y no les permitiéramos que se dispersaran, hicieran corros o se detuvieran en el camino.

Desde mi puesto podía reconocer ese paisaje que me traía la memoria de otro que me sumergía en una amalgama de sentimientos y nostalgias. Alrededor de las chabolas, como si se tratase de una estratégica defensa para obnubilar al enemigo, se acumulaban, apiladas junto a las puertas desvencijadas y mal encajadas, chatarras brillantes que protegían enormes desniveles por los que asomaban cabezas y patas de perros asustados, y que enmarcaban estampas de rostros adustos tras las ventanas, rostros acostumbrados a las redadas. Como el rugido tectónico de un terremoto que empezase a aflorar, emergían voces tras los enclenques tabiques abombados; mandatos que se retorcían en las gargantas de los hombres; gritos de mujeres a medio vestir que protestaban por este nuevo atropello; voces que nos insultaban y configuraban la desafiante y pírrica valentía de esa pobre gente; voces incrementadas por los gemidos de animales asustados por los aleteos desesperados de los pájaros en sus jaulas.

Antes de proceder al desalojo, el clemente poder les iba a dar una última oportunidad para que sacasen lo que quisieran salvar de sus viviendas.

—Tengan cuidado, que pueden portar navajas y pistolas. Saquen los subfusiles y estén en posición de alerta por si hay que defenderse de la agresión.

El sudor se me pegaba a la nuca y a las sienes. Me corría por la frente y me bajaba hasta los ojos, irritándolos. En contra de las normas, me quité las gafas mientras observaba los tejados de chapa que convertían en hornos los interiores de las chabolas. No había líneas de luz eléctrica, no había aire acondicionado ni neveras. Frente a las puertas entornadas de las chabolas, al lado de las ventanas abiertas de par en par, se me saltaron las lágrimas como al que en su regreso encuentra devastado un lugar en el que fue feliz.

Los recuerdos se agolpaban en mi memoria. Hice algo mío aquel páramo de tierra seca en el que había cometas rotas, trozos de juguetes pisoteados y abandonados. No había hierba, ni fuentes ni bancos, solo tierra apelmazada por las rodadas de los coches; restos de basura moteados por doquier; piezas de electrodomésticos despanzurrados entre la maleza por la que correteaban gallinas alrededor de los restos de comida; perros que olfateaban el suelo buscando algo de comer y ratas que disputaban la comida a los perros; colchones con manchas oscuras y amarillas, apontocados en paredes desconchadas junto a parduscos restos de broza diseminados por el descampado, en los que se enganchaban bolsas de plástico y papeles arrugados, preservativos usados, latas vacías de cerveza y cartones de vino deformados. Y, sin embargo, a pesar de la miseria incrustada en ese desalmado lugar, percibía como un halo de evocadora belleza incontenible en las juntas de las puertas, en las ventanas, algo así como una poética sensación de autenticidad.

—*Padre, ¿nosotros somos gente decente?*

—*Nosotros somos pobres. Los pobres no tienen por qué ser decentes ni lo contrario, bastante tienen con ser pobres. ¿Por qué?*

—*¿Ser pobre es bueno o malo?*

—*Es un estorbo.*

Al caer la tarde, cuando el sol se iba y la sombra se llenaba de frescura, mi padre, tras regresar del campo con los brazos garabateados por los arañazos resecos que las matas espinosas del algodón le producían al desmotarlas, después de lavarse la cara y el torso en el pilón de cemento del patio con el agua que mi madre había templado en las ollas, se peinaba hacia atrás su abundante cabellera negra y se untaba el pelo con aceite de oliva para que no se le cayese; se ponía una camisa vieja, se sentaba a la mesa del comedor en una silla de enea y cenaba en compañía de los mayores mientras los niños apurábamos los últimos juegos en la calle. Tras la cena, aquel olor a aceituna inundaba el pasillo por el que salía a la calle y se sentaba a la puerta, en la misma silla, hasta que se hacía de noche. Mi madre, tras recoger la mesa con la ayuda de mi abuela, iba a la tienda de la esquina y compraba la comida del día siguiente con el jornal que mi padre había traído del campo, el jornal por coger algodón durante todo el día agachado sobre los sacos de esparto, partiéndose la cintura. Cuando pasaba alguien por la calle, mi padre le invitaba a un trago de vino y el transeúnte se sentaba en el suelo, con la espalda contra la pared de la casa, y fumaban un cigarrillo, alternaban tragos con humo, charlaban del trabajo y cuando se acababa la botella, recogíamos las sillas y, tras despedirse de nosotras, se acostaba con mi madre en un colchón de lana sobre el suelo del piso superior de la casa, hasta que se levantaba de madrugada para ir al campo a por el jornal, si teníamos la suerte de que no lloviera. Nunca pasé hambre, pero tampoco supe qué era un Tigretón o una Pantera rosa, una muñeca, una tarde de cine, un día de piscina.

En esos días de mi infancia fue cuando vi por primera vez a los hombres buenos. Estábamos sentados a la puerta de casa y escuchábamos al abuelo contar historias de su juventud. En grupo, recorrieron la calle con las armas a la vista, venían a prender al vecino de la casa de al lado que los esperaba sentado a la puerta, con su familia alrededor y un hatillo de tela anudada en las puntas que le había preparado su esposa: había robado chatarra en un taller para poder dar de comer a sus hijos. El hombre se había quedado sin trabajo en la obra y no tenía ningún tipo de ingreso económico, pero sí cuatro bocas que alimentar. Antes de que los hombres uniformados llegasen a la casa, el hombre se levantó, besó a su mujer y se acercó a los hombres buenos. El hombre se entregó sin resistencia y los hombres buenos no lo esposaron, por respeto a su familia. Los niños mirábamos la escena, fascinados, como si se tratase de una película de la televisión de don Andrés, un soltero jubilado que ponía el aparato de cara a la ventana para que se viese desde el gallinero de la calle. La impresión que causaron en mí aquellos hombres jóvenes, corpulentos, bien afeitados, con olor a Varón Dandy, vestidos todos con iguales ropas negras, determinó mi vida. Su mujer insultó a los hombres buenos, pero estos no le respondieron. Escoltado, lo llevaron por la mitad de la calle, acompañado por las miradas de los vecinos El hombre caminaba en silencio, arropado por la letanía de palabras de ánimo que irrumpían en la calle desde las ventanas. Durante varias semanas, los hijos de esta familia comieron en las casas de los vecinos, ya que el dinero que la madre ganaba por lavar y planchar ropa se lo pagaban a final de mes. Cuando cobró, la mujer fue a pagarle a los vecinos y por poco sale apaleada. La única y auténtica solidaridad es la que se da entre los necesitados.

Entre gritos y masculladas protestas comenzaron a salir los habitantes de las chabolas: unos a medio vestir, otros un poco desorientados, zafándose como podían de los empujones que les propinaban los policías que querían acabar cuanto antes con aquello y marcharse de ese lugar. Los militantes más numerosos en ese batallón de la pobreza eran mujeres jóvenes y niños sin escuela. Los adultos vendían ropa en los mercadillos, recogían chatarra en el vertedero cercano, pedían limosna en las calles y en las iglesias de la ciudad, y al anochecer regresaban al poblado con lo obtenido. En ese momento de la mañana elegido para llevar a cabo la operación quedaba poco que avasallar: algunos negros altos y fuertes como gladiadores, sorprendidos en el aprovisionamiento de sus carritos y cuya negrura, vislumbrada entre ropas claras y ligeras, amarilleaba bajo el sol, con caras de asustados y de no entender lo que ocurría caminaban con las manos en la nuca y el miedo en los ojos, sin saber qué delito habían cometido por vender discos piratas y pulseras en los bares; jóvenes cobrizas de largas y anchas faldas estampadas, que insultaban y maldecían en un perfecto español, acarreaban a niños a medio vestir y cagar; mujeres vociferantes de largas coletas negras como colas de caballo y piel tostada, que rogaban que las dejaran en paz y que se declaraban inocentes de lo que fuera; chiquillos transportados en brazos de sus madres o agarrados alrededor de sus faldas, despeinados, sucios, descalzos; chicas altas y esqueléticas que desdibujaban sus cabelleras con tintes blancos, ojeras negras y bragas minúsculas sobre tersos glúteos y, sin que nadie les acusara, se declaraban limpias y decentes, envueltas en volutas de humo de tabaco sobre sus cabezas, impregnadas de olores que se mezclaban en una atmósfera sofocante y a veces pestilente. Los últimos en salir fueron los abuelos, apoyados en bastones de madera retorcida y antigua, que andaban con dificultad, escoltados y porteados por los hombres buenos que aguantaban sin inmutarse los insultos y amenazas de esos vestigios de fortaleza de otro tiempo que encajaban airados las volandas de los agentes.

Al paso de la comitiva se levantaba una polvareda que la envolvía. Nos protegimos las vías nasales con mascarillas mientras las ropas iban tornándose grisáceas. En el centro del descampado, el comisario, impenetrable, esperó a que el rebaño entrase en el redil, formado por un círculo de agentes, paciente, arrogante, fastidiado por la molicie y la displicencia de ese ganado. Era patético el contraste entre el traje brillante y planchado del comisario, su pulcro aseo personal, el lustre refulgente de sus zapatos de piel y su olor a colonia cara contra la miseria apagada y ennegrecida de esa vulnerable horda de pobres. Escoltado por los policías armados, esperaba a que terminase el flujo de chusma para poder dar su ultimátum y largarse de esa inmunda bazofia.

Con los brazos en jarra, el comisario aguardaba a que la multitud acallara. El rumor de las protestas decrecía hasta convertirse en un contrariado y expectante silencio.

—Vamos a ver si entramos en razón —les decía—. Ustedes desde hace unos meses ya sabían que tenían que abandonar el poblado, pero, por lo que veo, se han pasado por los cojones todos los avisos que se les ha dado por parte de la autoridad. Así que vayan sacando lo que necesiten, porque dentro de dos horas las máquinas van a empezar a tirar las chabolas. ¿Lo han entendido?

Había utilizado el megáfono y, a pesar de llevar gafas negras, había apantallado la luz del sol sobre los ojos con la mano izquierda, en forma de visera para ocultar el rostro. El sudor comenzaba a caerle por el cuello y se le adentraba en el pecho, mojando la camisa. Confiaba en que el tono amenazante de sus palabras amedrentase a ese frente de rostros que lo miraban sin parpadear.

—¿Y esa mierda es lo que tienes que decir? —preguntaba un anciano en voz alta, quien, apartándose del grupo, avanzaba hacia el comisario—. ¿Para venir a decir esto habéis montado toda esta feria? ¿No os da vergüenza venir a matar moscas con fusiles? Si me tengo que ir será con los pies por delante. Esta mierda de aquí detrás es mi casa, la casa que me habéis dejado después de echarnos de donde vivíamos. ¿También estorbamos aquí? ¿Por qué no nos matáis ya y así acabáis antes con el problema? No me voy a ir, no pienso abandonar lo único que me queda. Mira mi pecho —dijo abriéndose la camisa con las dos manos—. Diles a tus perros que me peguen un tiro, que no me voy. ¿Dónde voy a ir?, ¿acaso me vais a dar un techo de esos que tenéis vacíos y que nadie habita?, ¿cuánto tiempo me vais a dejar vivir en la calle o en otra chabola hasta que volváis a desahuciarme? Soy una rata y esta es mi alcantarilla. Si tenéis cojones, venid y matadme. No me voy a ir.

El comisario, en un gesto de impaciencia, se atusaba los cabellos hacia atrás para despejarse la frente sudorosa, sacaba un pañuelo de tela del bolsillo del pantalón y se lo pasaba por la frente surcada de chorros de barro parduzcos. Con un gesto de desprecio se volvía hacia el inspector e, indicándoselo con un ligero movimiento de cabeza, le daba la orden de retirada momentánea.

—Podéis hacer dos cosas: sacar lo que tenga algún valor para vosotros o dentro de dos horas todas las casas serán derruidas con lo que haya dentro.

—Pues si vais a echarnos en dos horas, tendréis que tirar mi casa conmigo dentro —respondió el abuelo que se había enfrentado a él.

Segundos después comenzaba un caótico éxodo hacia las viviendas, quedándose el descampado vacío.

—No bajéis la guardia, estos cabrones van a saber quién soy yo. La orden es esperar hasta que se cumpla el plazo y sacad a esa gente a la fuerza, cueste lo que cueste —refunfuñaba a la par que abría la puerta de su coche y desaparecía entre remolinos de polvo.

Una espléndida tarde de primavera, delante de la fachada de la casa contigua a la nuestra, en mitad de la calle, los hombres encendieron una hoguera para cenar unos conejos que el vecino había cazado en la sierra esa misma mañana. El hombre, conmovido por aquella solidaridad vecinal durante el tiempo que estuvo encerrado, se había echado al monte con la escopeta al hombro para cazar furtivamente algo con lo que mostrar su gratitud, consciente del riesgo que corría de volver a las rejas si lo sorprendían los agentes con alguna pieza cazada de forma ilegal. A su regreso, fue casa por casa invitando a cada uno de los que habían ayudado a su familia mientras estuvo ausente. Al llegar la noche, la hoguera fue rodeándose con sillas y taburetes ocupados por hombres sedientos y mujeres que elaboraban la comida sobre un tablero cubierto de platos, fuentes y botes de condimentos, hasta que alguien separara las ascuas para poner encima las cacerolas y las ollas con el guiso preparado. La madera crepitaba consumiéndose entre las lenguas azules y bailarinas de las llamas en el otro extremo de la hoguera. Al calor del fuego y de la noche, el vino corría de mano en mano y los niños jugábamos en torno a la candela corriendo de un lado a otro, alegres, enloquecidos, vigilados por las mujeres. Las pavesas subían altas, perdiéndose entre los tejados ocupados por gatos que, atraídos por el olor de la carne, hacían equilibrismos en los canalones. Algo retirado, un famélico ejército de perros esperaba su oportunidad. La noche fue acaparando la fiesta y horas después, con los estómagos saciados y los ánimos espoleados por el vino, los mayores cantaban y bailaban en torno a la mágica decadencia de la hoguera.

De pronto, sin saber cómo, un humo negro comenzó a salir de la casa del vecino anfitrión y un zigzagueante resplandor amarillo tras las ventanas barruntó el incipiente desastre que se vislumbraba en los destellos de luz danzante y devoradora en el interior de las habitaciones. Alguien percibió el peligro y, asustado, comenzó a gritar hasta que el pánico irrumpió en el festejo. Las mujeres, horrorizadas, chillaban enloquecidas buscando a sus hijos. Los chiquillos no respondían a las llamadas y un pavor histérico se apoderó de los adultos. Los hombres corrían de un lado para otro para buscar cubos y llenarlos de agua y arrojarlos contra el fuego, intentaban entrar en la casa quemada organizando una cadena de auxilio. Las llamas saltaban de una casa a otra, salían por las ventanas abiertas, coronaban las matas de humo de los muebles quemados, ascendían en espiral hacia los tejados. Gritos desgarrados, llantos que parecían sonar dentro de las casas. El anfitrión se empapó de agua, se colocó un pañuelo mojado en la nariz y decidió entrar en la casa a rescatar a quien estuviese atrapado. Atravesó temerariamente las llamas que lamían el pasillo. Los cubos de agua abrían un pequeño sendero hacia el patio entre los muebles quemados. Los minutos pasaban y no había noticias del interior. El calor se extendía al descampado. Las mujeres lloraban abrazadas unas a otras. Alguien gritaba socorro por las calles vecinas. Entonces, para sorpresa de las madres que flaqueaban frente a las llamas, aparecieron los niños que estaban jugando en el corralón de la plaza. Regresaron atraídos por los colores que iluminaban los tejados y que contenían la promesa de un espectáculo fabuloso, ajenos a la desgracia. Al ver las casas arder, cambiaron sus risas por llantos. Horrorizados, comenzaron a gritar mientras buscaban a sus madres y se abalanzaban en sus brazos.

La esposa del anfitrión lloraba desconsolada junto a la puerta chamuscada de la casa. Alguien, desde el otro lado de la calle, avisó que el hombre había logrado subir al tejado. «No hay nadie dentro», gritaba. El hombre, acorralado y asfixiado por el humo, iba saltar a la casa de al lado para escapar del fuego que ascendía imparable, y cuando fue a tomar impulso para el salto, uno los caballetes de madera que sujetaban el techo comenzó a resquebrajarse y a romperse, provocando huecos en el tejado. El hombre se quedó aislado entre los escombros de vigas y tejas; las llamas devoraban el piso bajo y consumían las columnas que lo sostenían, condenándolo a una muerte segura. Mientras, los otros vecinos apilaban en el descampado los muebles y los enseres que habían podido salvar del incendio. Pero entonces, antes de ser devorado por las llamas del infierno, llegaron los bomberos y los hombres buenos en sus potentes vehículos, y rápidos y profesionales se repartieron las tareas de rescate. El mismo hombre bueno que había esposado al vecino cazador arriesgó su vida para salvarlo, subiendo al tejado a través de una escalera que sujetaban sus compañeros. Le tiró una cuerda para que se la atase a la cintura: «salta a la escalera», le dijo. «Si caes, te quedarás suspendido por la cuerda que yo aguanto con las manos». El acorralado saltó. El hombre bueno se quemó las palmas de las manos mientras amortiguaba la caída del cazador que, suspendido en el aire, era rescatado por el resto de hombres buenos que lo bajaron al suelo, retorcido de dolor por las quemaduras, pero vivo.

—Padre, ¿por qué han salvado al vecino, si el otro día lo encerraron?

—Porque son hombres buenos, hija.

—¿Todos estos hombres son buenos?

El fuego siguió su camino, saltó de casa en casa y terminó asolando una manzana de viviendas ante la impotente y frustrada rabia de los vecinos y de los bomberos que nada pudieron hacer para evitarlo. Habían logrado salvar lo imprescindible: ropa, mantas, sábanas, un escaso ajuar doméstico de ollas, platos, sartenes y cacerolas, todo amontonado frente a los esqueletos negros de las casas humeantes. Comenzaba la desesperación, el temor a lo desconocido, el desamparo, dónde ir, dónde dormir, niños que lloraban de miedo, ancianos derrotados, hombres serios y preocupados, madres hundidas.

Entonces, los hombres buenos nos llevaron hasta una nave inmensa y nos dijeron que podíamos quedarnos allí durante unos días hasta que pudiéramos organizarnos y buscar un techo. Pero no había dinero para mudarnos a otra vivienda. Los días pasaban y, antes de que nos desalojaran de aquel campamento insostenible, hubo que fabricar chabolas con los desechos que se encontraron los hombres en unos terrenos abandonados, sin urbanizar, chozas sin luz ni agua potable, cubiertas de desesperación y maleza. Y allí crecí, en una miseria como la de esta gente, fui a la escuela, trabajé para ayudar en la casa hasta que pude ingresar en la academia en la que preparaban para formar parte del cuerpo de los hombres buenos, y a base de muchos sacrificios de mis padres, familiares y vecinos, sin avergonzarme nunca de mi origen, me hice policía.

En el transcurso de las dos horas las casas se fueron llenando de hombres dispuestos a defender su vida y su mísera forma de vivir. Esperábamos la orden para proceder a los desahucios, para dejar desamparadas a todas esas personas mientras el fuego de las palas excavadoras quemaba sus casas. Como aquellos mitificados hombres de mi infancia ingresé en este cuerpo para ayudar a la gente que lo necesitaba, no para convertirme en su verdugo. Y, antes de traicionar el amor y el esfuerzo de tanta gente que me ayudó desde su pobreza para que hubiera justicia en el mundo, antes de traicionar el espíritu que me llevó a ser policía, en nombre de todos los míos, decidí dejar mi arma en el furgón, abandonar el asedio y desprenderme de esas insignias que tanto dolor y sacrificio me costaron conseguir para llegar a ser una mujer buena, la mujer que siempre quise ser. Algunos compañeros hicieron lo mismo que yo. Otros no.

Acto de fe

El sol caía a plomo sobre la calle y achicharraba los adoquines en los que agonizaban las asfixiadas crías de pájaros que caían de los nidos en los aleros de los tejados. Esos diminutos cuerpos y cabezas apenas emplumadas eran machacados por las ruedas de la pesada maleta que arrastraba pendiente arriba. Mi padre, en lugar de aprovechar las horas frescas de la mañana, había decidido que era el momento apropiado para devolver a mi tía, su hermana, que vivía al otro lado del pueblo, el pequeño armario de madera con su Virgen de escayola dentro. La sacra imagen culminaba en casa de mi tía su tradicional ronda por las casas del barrio con la recaudación de los donativos antes de regresar a la parroquia, en la que el cura abriría la hucha y se cobraría de las misas que había dedicado a los difuntos que gozaban de la compañía de Dios, cumpliendo el mandato de los fieles que sufragaban tales liturgias con sus aportaciones a Nuestra Madre.

Pensando en mí, en aliviar mi carga, me dijo, sin que mi madre lo viese y hubiera montado un cristo de no te menees, extrajo de la hucha, con la hoja de un cuchillo de cocina, un buen puñado de las monedas que las piadosas vecinas metían por la ranura con sus súplicas a la Virgen. ¡Pobrecitas! No tenían ni idea del fin al que serviría una buena parte de sus dádivas. Yo sí lo sabía porque no era la primera vez que lo hacía: irían directas al bar, a gastarlas en cerveza. Ya quedaban pocos bares en el pueblo en los que dejasen entrar a mi padre. No sabía controlarse. Bebía hasta emborracharse y acababa siempre peleándose con alguien, con o sin motivos, conociéndole o no, hasta que el camarero o algunos de los parroquianos se metían por medio y los separaban, echaban a mi padre a la calle y le prohibían que volviera a entrar hasta que supiese comportarse con educación, algo que hacía cada vez más reducida la lista de locales accesibles, pues esa educación no iba con él.

Mi padre no tenía oficio conocido, no trabajaba en ninguna empresa, ni en nada legal. Decía que trabajar era de esclavos y que nadie tenía que saber cuánto dinero ganaba ni lo que hacía con él, y mucho menos, que alguien dispusiese de él. Por eso, no trabajaba para nadie, porque decía que, siendo insolvente, nadie podría cobrarse un solo euro de los muchos que debía a causa de las muchas sentencias que tenía en su contra por daños materiales y lesiones personales. Desde que yo tenía memoria, y en aquel tiempo ya iba para los doce años, nunca, ni tampoco después, le había conocido un trabajo decente, o que le durase algo de tiempo. Cobraba el subsidio todos los meses y le entregaba el dinero a mi madre si quería tener una mesa en la que comer y un techo bajo el que dormir. El único dinero que ganaba para emborracharse procedía de sus trapicheos en chatarras y timos. Al menos una vez en semana no venía a dormir a casa, porque pasaba la noche en el calabozo de la jefatura de la policía local, donde pelaba la mona tras alguna pelea que al día siguiente lo llevaba a los juzgados. Otras veces dormía la borrachera en la puerta de la casa, porque mi madre no le abría la puerta. Mi madre y la policía decían que era un caso perdido y que cualquier día le darían una paliza que se lo llevaría por delante. Todos ganaríamos.

El año anterior a los hechos que me dispongo a contar estuvo en la cárcel por dejar tuerto a un pobre desgraciado que discutió con él en un bar. Según declaró el lesionado a la policía, mi padre le tocó el culo a su novia delante de todo el mundo y le propuso que le hiciese un trabajito en el servicio. El agraviado le insultó y mi padre sin pensarlo cogió una botella de cerveza y se la partió en la frente. Resultó que el tipo era de la policía local y cuando apresaron a mi padre varios miembros de este cuerpo en la puerta del bar mientras fumaba un cigarrillo y el novio se desangraba junto a la barra, lo metieron en el furgón y le dieron de hostias hasta que perdió el conocimiento. Estuvo seis meses encerrado. Mi madre dijo a las vecinas que había ingresado en un centro de desintoxicación para alcohólicos. Cuando salió de la cárcel, más delgado, pálido y demacrado, lo primero que hizo fue darnos un rápido abrazo a mi madre y a mí, que lo esperábamos en la puerta del presidio. Después me soltó el macuto con las cuatro cosas que llevaba y nos ordenó que nos fuéramos a casa, que tenía asuntos pendientes que resolver. Mi madre me ordenó que le siguiera. Sin importarle si iba tras él, se metió en el bar más cercano y se bebió hasta el último céntimo que llevaba. Cuando salió del bar estaba borracho como una cuba y después de besarse con todas las esquinas a su paso, llegó a casa y estuvo dos días enteros durmiendo en la cuadra, que si cojones tenía mi padre, mi madre no se le quedaba atrás.

Esquilmada la imagen, logrado su botín, con los bolsillos llenos de monedas y cercana la hora del aperitivo, cerró las puertas de la pequeña capilla, la metió en la maleta y se despidió de mi madre que faenaba en el patio ajena al latrocinio. Ella le amenazó con no abrir la puerta de casa y dejarnos sin comer si volvíamos después de las tres de la tarde, «que ya estoy hasta el coño de comerme la comida más tiesa que una soleta y ni se te ocurra pararte en el bar con el niño, que la tenemos». Para esa misión me utilizaba mi madre: para chivarme de las cosas que hiciera mi padre por el camino, si es que quería comer al llegar a casa. Mi padre, nada más cerrar la puerta tras de sí, sonrió al cielo y me entregó la maleta para que la llevase yo y me fuera haciendo un hombre, y supiera lo que es el esfuerzo y lo digno que hace el trabajo a las personas. Sacó el tabaco del bolsillo, encendió un cigarrillo, se cruzó a la otra acera buscando la sombra y enfiló la cuesta conmigo detrás, dando profunda caladas, susurrando una melodía, sin preocuparse por si me hacía falta una ayudita.

Después de un rato tirando de la maleta, las manos me chorreaban sudor y tenía que hacer endemoniados esfuerzos para que no se me escurriera el asa y se fuera a tomar por culo cuesta abajo. Si no me hubiese costado una paliza, de buena gana la hubiera soltado y dejado que se destrozara contra el suelo, que reventase y vomitase su contenido en la calle, y que todos los desarrapados que nos observaban desde las puertas de sus casas se hubieran abalanzado sobre la capilla de madera y hubieran saqueado el cajón delatado por la ranura en el que las vecinas depositaban la limosna con la que se pagaban las misas por los difuntos de las creyentes familias.

Al coronar la cuesta y llegar a una plaza refrescada por unas enormes palmeras, mi padre se volvió hacia mí y, al verme empapado, decidió que haríamos un descanso y entraríamos al bar a tomar algo fresco para reanimarnos, que nos lo merecíamos. A pesar de mi cansancio y mi sed, le dije que no era necesario. Tenía mala bebida y esa mañana ya venía caliente de otros bares y temía que la liase. Nunca nos parábamos en ese bar de la plaza, porque a mi padre no le gustaba la clientela de señoritingos y chupaculos que nos despreciaban a nuestro paso desde las mesas de la terraza, ahora desiertas, en las que bebían fino de Jerez debajo de los parasoles, pavoneándose delante de sus mujeres que se las daban de finas y elegantes, tías bastas y amorcilladas pintadas como putas arrabaleras, que cogían la copa con el dedo meñique tieso y reían escandalosamente para que se hiciese notar su felicidad, que gesticulaban con altivez e insolencia, todo lo contrario a las señoras con clase a las que querían parecerse. Siempre le dábamos de lado y yo le daba las gracias a la Virgen de escayola que nos protegía desde su capilla dentro de la maleta. Pero ese día ni la Virgen pudo con él. Mi padre decía que la vida solo merece la pena cuando uno tiene delante una jarra de cerveza bien fría, de esas en las que el cristal escarchado empaña delicadamente el dorado brillo de las burbujas en ascenso hacia la espuma.

Nos paramos a la sombra, frente a la puerta del bar, debajo de la máquina del aire acondicionado. Me sequé el sudor con la manga de la camisa. Mi padre miró el cartel de la puerta que anunciaba que se reservaba el derecho de admisión y acertó a darle en el centro con la colilla catapultada entre el dedo corazón y el pulgar. El impacto provocó algunas chispas que cayeron al suelo sobre unas servilletas de papel.

—Vamos, entra. Ya es hora de saber de qué chulean estos señoritingos.

Recuperado el aliento, obedecí. Le pedí a la Virgen que no hubiera nadie dentro. Entré en el bar, seguido de mi padre. Nada más traspasar la puerta, el aire fresco me dio la vida, como quien encuentra un oasis en mitad del desierto. El milagro casi se cumple: solo había un cliente en la barra, un hombre gordo que valía por tres clientes normales. Estaba sentado sobre un taburete que se perdía entre su culo desparramado. De espaldas a la puerta, miraba la pared sobre la barra tapizada de carteles y retratos alusivos a la romería de la patrona del pueblo. Entre los dedos de su mano derecha se perdía un catavinos escarchado. Vestía como los jinetes de los retratos que se enseñoreaban sobre sus caballos, como los comensales de largas mesas bajo los árboles de un prado moteado de coches y carretas engalanas con telas de lunares y franjas de colores, hombres que palmeaban al ritmo de la música que baila- ban mujeres con trajes de flamencas que despertaban la lujuriosa mirada de los espectadores. A su izquierda, sobre la barra, descan- saba un sombrero de ala ancha, y encima de un taburete una fusta con la que seguramente habría estado maltratando algún caballo.

Me quedé parado con la maleta en mitad del local, impre- sionado por su decoración y por la música que sonaba como si saliera de los retratos. Mi padre, con su camisa sudada y los pelos de la nuca mojados, se colocó en un extremo de la barra y me hizo un gesto con la mano para que me acercase. Obedecí arrastrando la maleta con todo el sigilo que pude hasta colocarme a su lado.

—Buenas tardes.

El hombre gordo ni se inmutó, seguía embelesado con la contemplación de aquellos retratos y carteles.

Por una cortina tras la barra apareció un camarero con cara de conejo y artillería en los ojos. Yo sentí su ráfaga en mi cuerpo, mi padre la esquivó.

—¿No sabes leer, escoria? —preguntó el camarero a mi padre, como si sus palabras le produjeran vómitos en la boca.

—En la fachada pone «Bar Las Palmeras» y supongo que tú eres el palmero. Ponle un vaso de agua fresquita al niño y a mí una cerveza.

—Reservado el derecho de admisión.

—Mira, gilipollas. Tienes suerte de que dentro de esa maleta esté Nuestra Señora de los Cielos y vayamos en misión de paz. De lo contrario…

—Huele a mierda —interrumpió el gordo.

—Siéntate y descansa un poco, hijo. Mientras este señor nos atiende.

—Huele a mierda —repitió el gordo sin girarse.

—¿Te has cagado o es el olor de tu aliento? —preguntó mi padre.

El camarero, que veía la que se venía encima y para ahorrarse problemas, puso un vaso de agua y un botellín de cerveza en la barra.

—¿No tienes jarras?

—Bebeos esto cuanto antes y marchaos, no quiero líos.

Mi padre me alargó el vaso de agua y aproveché para rogarle con los ojos que nos fuéramos de allí. Me contestó con un gesto de su boca que venía a decir: «Tranquilo, estos son unos mierdas».

La música de ambiente cesó y el local quedó en silencio. Mi padre vació de un trago el botellín. Simultáneamente, el camarero miraba a mi padre y al gordo. Suspiró aliviado cuando mi padre se echó mano al bolsillo para pagar. Al oír el sonido de las monedas contra la barra, el gordo se giró y encaró a mi padre.

—Más vale que me enseñes a la Virgen si no quieres que te rompa la cara por entrar donde no debes, desgraciado. Y dale gracias a tu Virgen si no lo hago y a que soy un hombre profundamente religioso, escoria.

Yo estaba asustado. De forma instintiva fui a abrir la maleta y sacar a la Virgen. Mi padre volvió la cabeza violentamente y me fulminó con la mirada.

—¡Quieto, chaval! Este local es indigno para los ojos de Nuestra Madre. Déjala donde está. Y tú, ponme otra cerveza y dime qué te debo, que nos vamos de esta mierda de bar. Mejor sitio tienen los cerdos.

El gordo se bajó del taburete. Tenía una barriga descomunal. Dejó el catavinos sobre la barra y con un amplio gesto de la mano mostró la pared atiborrada de imágenes de la otra Virgen, en cuyo honor se celebraban las romerías que mostraban las fotografías.

—¿Estás diciendo que mi Virgen es indigna?

Mi padre se bebió el segundo botellín y cuando fue a pagar el camarero no le cogió el dinero.

—Váyase de aquí, se lo suplico. No quiero líos.

—Pues dígaselo a ese gordo. Yo he venido aquí con mi hijo a refrescarnos y a irnos sin buscar problemas.

El gordo cometió un error irreparable: cogió la fusta que tenía en el taburete y la blandió delante de la cara de mi padre.

—¿Estás diciendo que mi Virgen no es la Santísima Madre de Dios? ¿La estás menospreciando como si fuera la puta con la que tuviste a este bastardo?

El bastardo era yo.

—Para putas, todas esas de las fotografías. Sobre todo la que está a tu lado en esa foto, esa zorra que se ha comido todos los rabos del pueblo.

El camarero se santiguó: mi padre había dado en el clavo, en el centro de la diana. Al gordo le cambió la cara. Se le puso roja, congestionada. Se abalanzó con la fusta contra mi padre, que lo esquivó con un rápido movimiento que hizo que el gordo perdiera el equilibrio y se diera de bruces contra el suelo. Cuando se dio la vuelta, vimos que se había partido una ceja y la sangre le bajaba por la mejilla. Hizo amago de levantarse, pero la torpeza y su obesidad se lo impedían. Mi padre agarró el botellín y se lo acercó a la cara.

—Si quieres, te digo cómo tiene el coño esa puta. Y, por cierto, dale gracias a Nuestra Señora de los Cielos por no tragarte este botellín, cerdo.

Al intentar levantarse, el tipo se agarró a una mesa que estaba llena de vasos y botellas, con tan mala fortuna que la mesa se volcó y todas le cayeron en la cara, produciéndole varios cortes. Resoplaba y jadeaba como un cerdo después de una carrera.

Mi padre dejó el botellín en la barra y con un gesto me indicó que nos íbamos.

—Buenas tardes, y gracias por la cerveza. Queden ustedes con Dios.

Dejamos al camarero intentando levantar al gordo. En la calle hacía un calor impío, de mil demonios. Las servilletas habían prendido y estaban quemando la pata de una silla de plástico en la terraza. Seguimos nuestra ruta. Mi padre con las manos en los bolsillos y yo tirando de la maleta, que cada vez pesaba más. No pensaba contarle nada a mi madre. Estaba orgulloso de él, de cómo la había defendido a ella, a mí y a Nuestra Señora de los Cielos, quien seguro le había perdonado la sisa que le había hecho. Me sorprendió mucho saber que mi padre era un hombre religioso que había arriesgado su integridad por la Virgen.

—Vamos, apúrate. Vamos a dejarle la Virgen a tu tía antes de que me prendan los municipales —dijo mi padre sin volverse hacia mí, despreocupadamente.

—¡Pero si tú no has hecho nada, padre!

—¿Y a quién van a creer los municipales, al gordo o a mí? En cuanto dejemos la Virgen, te vas para casa y le dices a tu madre que no me espere hoy. —Encendió un cigarrillo y dio una calada profunda. Acto seguido, habló como si recitase unos versos al aire—. Cría fama y échate a dormir. Las apariencias engañan…

Ingeniería de la soledad

Pocas cosas son tan desalmadas como la alarma de un reloj despertador. Si no tuviese que dar a mi esposa engorrosas explicaciones sobre su paradero, ahora mismo lo cogía y lo reventaba contra el suelo del salón o lo arrojaba al camino de grava que cruza la entrada de césped y le pasaba varias veces las ruedas del coche por encima. Pero como el maldito reloj lo compró ella, no puedo destruirlo sin que lo eche en falta, sobre todo ahora, que ejerce de diligente cabeza de familia y nada escapa a su control doméstico. Bueno, lo único que se le escapa son estas siestas que ella no sabe que duermo, en lugar de dedicar ese tiempo a buscar trabajo, tal y como ella me ordena, y como debería estar haciendo para recuperar el lugar hegemónico que me corresponde en esta casa que he levantado con mi sudor, pero no lo hago por pura indolencia. Aunque vete a saber, lo mismo lo sabe porque el reloj se lo cuenta. El diablo y el reloj no descansan ni cuando duermen, no te puedes fiar de ellos.

A pesar de la irritación que me causa la brusquedad de su aviso, reconozco que, gracias a la complicidad de este trasto, ahora que ninguna exigencia laboral me impone su dictadura horaria puedo consumar esta vengativa siesta con la tranquilidad de no ser sorprendido con mis tareas domésticas inacabadas por mi mujer o por las niñas. No atino a entender por qué desde que me despidieron del trabajo mi cuerpo ha entrado en un invencible sopor que me lleva a estar con ganas de dormir todo el día. Debe de ser el cansancio acumulado de toda una vida de trajín. Ella se cabrea conmigo porque por la noche, después de acostar a las niñas, me adormezco en el sofá, en su compañía, sin hablarnos, asumiendo cómo nos aniquilan esos horribles programas de la televisión que tanto le gustan. Saborea mi extenuación, me recrimina mi falta de empatía cuando era ella la que realizaba las tareas domésticas y yo no entendía cómo podía estar tan cansada al llegar la noche, por qué me rechazaba cuando la buscaba para desahogarme de la tensión del día. Lo que ella no imagina es que me hago el dormido porque no me apetece verla ejercer su nuevo rol de cabeza de familia. Reclama para sí un reconocimiento que nunca me brindó en todos los años en los que he estado hecho un esclavo para sacarlas adelante a las tres, solo con mi sueldo y mi salud, manteniendo la casa y la familia. Y todo sin hacerle ningún reproche ni ponerle una mala cara, no como ahora, que hace que me siente de prestado en mi propia casa, como si yo fuese un inútil mantenido, un apestado que no quiere ni que la roce.

Alargo la mano y atrapo el reloj que percute sobre la mesa, vibra entre mis dedos como un escurridizo pez recién capturado. Le saco las pilas como si fueran las branquias y, por fin, calla. Desubicado por el destemplado despertar, no soy capaz de ubicar si los ladridos de perro que acabo de oír provienen del sueño o de la calle. Permanezco quieto, expectante, temo el despiadado ataque del animal, sin saber por dónde ha de llegar. En esta incertidumbre me convenzo de que es mejor no indagar el origen del ladrido, no quiero encontrarme ninguna sorpresa. Así que prefiero quedarme en el sofá un momento, atento, protegido por el cojín apretado contra mi pecho, inmóvil, esperando que pronto este espejismo de amenaza se haya desvanecido a la par que se diluyen los densos efluvios del alcohol de la sobremesa.

La luz de la tarde empieza a declinar. En el suelo de la cocina una nube itinerante dibuja sombras elípticas a intervalos sobre la superficie de las baldosas. La siesta se alarga cada vez más por culpa del vino y el coñac con el que riego y termino mis solitarias comidas. Tengo la boca pastosa. Necesito ir al cuarto de baño a lavarme los dientes. En la televisión, sin volumen, una rubia con cara de putona arrabalera se limpia las lágrimas en el pañuelo que le tiende un presentador con pinta de maricón. La gente aplaude. La mesa huele a tabaco. Las cañerías vuelven a inundar la casa con su hedor a légamo.

He sudado tanto que es como si me hubiese meado encima. Me quedo pegado a la tapicería del sofá. A pesar del incipiente calor primaveral, duermo la siesta con las ventanas cerradas. Aguanto las ganas de mear. Me recuesto y disfruto de este breve caos, de este aspecto indigente y sucio de la mesa, del fregadero, de la cocina. Estoy solo en casa, sin oír hablar de las putas normas domésticas, sin los mandatos de la neurótica de mi esposa. Detesto ese mundo suyo tan ordenado, tan de cada cosa en su sitio, tan artificial y tan falso. No comprendía cómo pudo dejar que mis hijas alojasen en casa a un abandonado cachorro de labrador, cuya zafiedad enlodaba la pulcritud de las baldosas con sus pisadas embarradas y mancillaba el brillo impoluto de los muebles con su pelaje. Simulaba que para complacer a nuestras hijas aceptaba el insoportable sacrificio que para ella suponía la impertinente presencia del animal. Yo, apenado con su exasperación, con el cebo tragado, la animaba a pasar el día en el gimnasio o con sus amigas. Ahora lo entiendo: estaba preparándose el camino para lo que vendría después. No puedo creer que fuera casualidad que la llegada del perro a casa coincidiese con el mismo día de mi despido en el trabajo, como tampoco puedo atribuir al azar que ella encontrase empleo tan pronto. Era una estrategia. Estoy seguro de que ella sabía lo de mi despido con antelación gracias a sus amistades, unas zorras con dinero y maridos golfistas, cuya única función en la vida es estar al tanto de todo lo que se cuece en las alcobas de los demás, sin que tengan reparos en meterse ellas dentro de esas alcobas para conseguir mantener su ritmo de vida. Ella quedó de puta madre con las niñas y en mi situación de desempleado ocioso me fueron adjudicadas todas las tareas relacionadas con el cuidado del perro y la inmaculada limpieza de la casa, mientras ella se sacrificaba y buscaba un empleo para hacerse cargo de la economía familiar y que nada afectase al bienestar de nuestras hijas, encantadas con el perro y con su madre.

Tengo que recoger esto. Dentro de una hora esta casa ya no será la misma. Sentado en el sofá, respiro hondo y exhalo el humo del cigarrillo, el último de la tarde para que le dé tiempo a trabajar al ambientador. Me recreo en este efímero paraíso antes de que desaparezca y dé paso a la impecable imagen de catálogo de decoración en el que ha de transformarse. Cuando suene el timbre de la puerta, mis hijas entrarán en la casa como un vendaval, dejarán las mochilas sobre las sillas y se abalanzarán sobre la mesa de la cocina, donde les espera la merienda. Y con el último bocado subirán a su cuarto y pasarán el resto de la tarde mandando mensajes a sus amigas y solo bajarán al salón cuando oigan regresar a su madre. Pero eso será después, cuando vomite la media borrachera en el váter, cuando la prisa arrincone este miedo irracional que me invade cuando estoy solo, este miedo que aún no he logrado vencer, este ruido de patas arañando la puerta en busca de venganza.

La botella de vino agoniza sobre la mesa, mira de reojo a la de coñac. Antes solo bebía alcohol los fines de semana. No tenía tiempo los días laborables. Apenas disponía de una hora para comer y volver al trabajo. Dejaba los cubiertos sobre la mesa y con el café en la boca me despedía de mi mujer y de las niñas hasta la noche. Llegaba a casa tarde y cansado. Las niñas, bañadas y cenadas, me esperaban antes de subir a su dormitorio para darme el beso de buenas noches, y después de cenar con mi mujer, si no quería follar, me iba a la cama a dormir, sin pararme a pensar que la carcoma de los días repetidos estaba gangrenándola de soledad y del vacío que se habían interpuesto entre nuestras vidas. Ella se quedaba un rato con la televisión y no la oía acostarse. Ahora soy yo el que se acuesta solo. La oigo salir después de cenar a tomar algo con sus amigas; ahora soy yo quien tiene que hacer las aburridas tareas domésticas; ahora que paso casi todo el día solo en casa noto a mi alrededor la agresión de una apabullante soledad, como la que debió sufrir ella, una soledad de náufrago que hace señales al paso de barcos que le ignoran. Durante todo este tiempo no había percibido mi insensibilidad hacia las cosas cotidianas, mi desinterés por los asuntos de los demás; andaba demasiado ocupado para darme cuenta del sufrimiento que en los míos provocaba esa indiferencia. Ahora recibo el incómodo silencio que brota de los pasillos y arma soledades. Ahora que las sufro en mis propias carnes no las reconozco delante de ella, para no darle más alas y, sobre todo, para no demostrarle mi remordimiento.

Este abuso de alcohol comenzó cuando maté al perro sin darme cuenta, un par de meses después de que me despidiesen del trabajo. La crisis, me dijeron. La gente ya no acude como antes a los campos de golf y no hay suficientes pelotas que recoger ni césped que cortar como para mantener una plantilla. Nos quedamos con los más jóvenes, que corren más y hay que pagarles menos. Toma este sobre con lo que hay dentro y arregla el seguro del paro, y en verano, si la cosa mejora, como es de esperar, te volveremos a llamar. Recuerdo el regreso a casa una tarde triste de invierno, unas semanas después de Navidad. El momento era económicamente el menos apropiado para quedarse parado: la hipoteca; las niñas, que acababan de pegar otro estirón; la primavera por delante y El Corte Inglés preparando la temporada. Abrí la verja y llamé al timbre de la puerta. Para mi sorpresa, me recibió un algodonoso cachorro de labrador que se coló entre mis piernas mientras daba fuertes coletazos. Me quedé helado. ¿Un inmundo animal perturba la pureza del templo con sus patas manchadas de tierra del jardín, dejando su insolente y contaminada huella en la blancura reluciente del piso? Algo raro pasaba. Me cambié de zapatos antes de entrar en la casa, obligatoria costumbre para no introducir en ella las impurezas del infestado mundo exterior. Mis hijas se abalanzaron tras el perro, ignorándome. Mi mujer me dio un beso de bienvenida en la puerta y corrió a coger su bolso, destripado sobre la encimera, para salir con unas amigas. A nadie afectó que dijese que me habían despedido: las niñas estaban pendientes del perro y mi esposa de si la falda que se había puesto para ir al cumpleaños de la zorra de Marucha era la adecuada, agobiada por las prisas que venían desde el claxon del coche que la esperaba aparcado en la acera de enfrente para no llegar tarde al evento. No me esperes despierto, mañana hablaremos de eso. Cuando a la mañana siguiente entré a la cocina para desayunar con los demás, sus caras certificaron que mi presencia trastocaba su cotidiano paisaje de tazas y tostadas. Me preguntaron. Mis hijas me encargaron que cuidase de Monti y que le diese de comer y lo sacase de paseo. Mi mujer me miró con la misma comprensión con la que se mira a una cucaracha. Le entregué el sobre con el dinero y me senté a desayunar.

Ya en los primeros días de desempleo me percaté de que mi presencia no encajaba en el orden de una vida doméstica en la que yo no solía estar presente. A pesar de mis buenas intenciones para ayudar en la casa, resultaba un estorbo, un mueble en medio de la sala que no dejaba pasar a nadie y contra el que todo el mundo tropezaba. En aquella tensión aparecieron los primeros roces por cualquier cosa: un tropezón, una mancha en el suelo, una comida sosa, una equivocación en el detergente, una coincidencia en el cuarto de baño, un programa de televisión… Para no discutir con ella, me pasaba el día en la calle dando paseos al animal y cuando llegaba a casa lo dejaba en el jardín para que no ensuciase el museo. Y nos hicimos amigos.

Espoleada por el infierno que se avecinaba a causa de nuestra incómoda y obligada compañía, y con la excusa de la merma de ingresos económicos, decidió aceptar el trabajo a media jornada que le habían ofrecido de monitora de aerobic en un hotel de la playa, hasta completar, junto con mi seguro de desempleo, el nivel de ingresos al que estábamos acostumbrados. Su horario laboral le ocupaba toda la mañana. Así que me encontré con que, tras llevar a las niñas a la escuela, cuando llegaba a casa, mi mujer, que se levantaba con la hora justa para tomarse el desayuno y meter en el bolso sus comidas diuréticas y laxantes, ya se preparaba para irse al hotel y por la tarde al gimnasio, sin tiempo para pasar por casa a comer conmigo. En su nuevo papel de cabeza de familia ya no colaboraba en las tareas del hogar. Para eso estaba yo, que tenía toda la mañana por delante sin hacer otra cosa hasta la tarde, que era cuando tenía que ir a buscar trabajo.

Mientras tanto, el perro crecía, soltaba pelusa por todos lados, revolvía la tierra de los arriates y ensuciaba los vestidos de mis hijas cuando las saludaba, y cada día que pasaba se me hacía más de querer: un amigo que me recibía con cariño sincero, con una compañía que agradecía cada caricia y que algunas veces creo que hasta notaba esa especie de tristeza que se iba instalando en mi cabeza. La verdad es que pasaba más tiempo con él que con mi familia. Gracias al perro no me sentía solo, o al menos no me daba cuenta de que estaba solo. A esta hora le tocaría su paseo de la tarde: íbamos al parque, a la avenida, al bulevar… Este espectro, o lo que sea, ladra igual; lo escucho como si estuviese debajo de la ventana que da al jardín, cerca de su tumba. Estoy seguro de que está muerto, yo mismo lo enterré bajo los geranios para que mis hijas no supieran que lo había atropellado sin querer, boca abajo por si le daba por escarbar. Si no fuese por el pavor que me produciría verlo en plena descomposición, lo desenterraría para asegurarme de que sigue ahí, a más de un metro bajo tierra. A veces, oigo los ladridos muy cerca de la verja de la entrada y tengo miedo. Creo que el fantasma del perro viene del pur-gatorio de los perros a pedirme cuentas por mi crimen, por el engaño a mis hijas. Lo echo tanto de menos. La bebida me ayuda a soportar su ausencia.

Sobre la encimera yace olvidada la bolsa deportiva de mi mujer; al menos, esta vez está cerrada. Hace unos días se la dejó sobre un sillón, por culpa de las prisas para ir a la inauguración de un nuevo gimnasio. La bolsa quedó abierta, desparramadas sus vísceras por el asiento, como quedó el perro tras el atropello. Sobresalía la malla y, en un peligroso equilibrio, pendía el tirante del top. Al salvarlo de su caída, me fijé en que aún llevaba puesta la etiqueta con el inasumible precio. Al colocar la bolsa de pie, observé que en su interior, además de las cremas protectoras, peines y maquillajes, había una caja de condones que no eran del tamaño que utilizábamos para nuestras esporádicas relaciones. De repente, se abrió la puerta y me pilló con la caja de preservativos en la mano. Sin decir nada, se me acercó. Me miró fijamente, me arrebató la caja de la mano y la metió la bolsa. «No me esperes despierto», dijo.

Tengo que empezar a preparar la merienda de las niñas.

Marcadores tumorales

—¡Mamá, levántate ya! —grita mi hija desde el pie de la escalera.

Aunque no le conteste, ella sabe que la he oído, que he percibido el tono de advertencia de sus palabras. Anoche me emborraché durante la cena con los padres de mi marido y mi hija. Nada más irse y quedarnos los tres solos, nada más cerrar la puerta de casa y oír cómo se marchaban en su coche, me soltó una hostia que me tiró al suelo y me partió el labio. Me insultó por avergonzarle, y no acabó en otra paliza porque mi hija se metió por medio y le hizo ver que los moratones y las heridas darían que hablar entre los invitados a la boda.

—Mamá, por favor.

Toda la culpa de lo que me pasa la tengo yo: por borracha, por cobarde y por mierda. Soy una alcohólica. Soy una alcohólica, porque ni tuve ni tengo valor para marcharme de aquí, para abandonar mi casa tras la primera paliza. No merecía aquellos golpes, no merezco estos. ¿Por qué no me marché? Mi cobardía responde: porque lo amaba, porque yo creía en su arrepentimiento, porque estaba segura de que me quería y aquellos golpes eran fruto de una mala racha entre nosotros. Pero no era así. ¿Cómo se puede agredir a una persona que quieres? No tenía a quién recurrir para pedir ayuda. Nadie me creería. Todos pensarían que aquel maltrato sería otra de mis extravagancias. ¿Dónde iba a ir sola, sin oficio ni beneficio, y con una hija pequeña? Y para no tomar ninguna decisión, me refugié en la ginebra, que todo lo relativiza, le quita importancia y te hace más resistente a los insultos y los golpes, o al menos, no duelen tanto. Me narcotizo con el alcohol y consiento que todo ocurra como si se tratara de una pesadilla, de algo que no es real. Soy una cobarde, es cierto.

Soy consciente de que no tengo derecho a quejarme. Harta de aquel calvario, años después, mi hija intentó ayudarme, pero la decepcioné. No quise que me llevara al hospital para que no hubiese parte de lesiones, ni actuaciones de oficio la noche que me emborraché en la fiesta de su empresa y le dejé en ridículo delante de sus amistades, que no hicieron nada por detener los golpes. Mi hija, al día siguiente, magullada, me llevó al trabajador social para que me buscase una casa donde empezar una nueva vida, pero no quise marcharme. Volvimos a casa con los bolsillos llenos de tarjetas y números de teléfono que llevaban a la libertad. Mi marido nos esperaba con la mesa puesta y con ramos de flores. Se arrodilló y me pidió perdón. Yo lo acepté, junto a un abrazo y la promesa de un cambio para el futuro. Mi hija se enfrentó a su padre por defenderme, y la dejé tirada. Tuvo que irse. Ahora mi hija vive en la ciudad, es independiente, tiene su propia vida. Hace años que no viene, ya no le importo. Y aun así, ha venido a la boda. He evitado hablar con ella a solas, no tengo valor para soportar que pueda reprocharme mi sometimiento.

Ya no puedo aguantar más. Tengo que sacar fuerzas y salir de aquí, de esta casa, aunque después de haber sufrido tanto se la deje en bandeja a cualquier desgraciada que venga después de mí y disfrute de todas mis cosas. No vale la pena vivir así, no compensa. Cualquier día un mal golpe me llevará por delante.

—Voy a salir a desayunar churros con la prima Marta. Procura estar lista para cuando regrese, borracha. —Esto último lo ha dicho bajando la voz para que no la oiga.

No quiero llorar, no confío en una catarsis que no me va a liberar de mis servidumbres y miedos, no quiero autocompasión, no sirve para nada. Borracha, me repito una y otra vez. Si no fuese una borracha, no podría soportar los golpes, vivir sin orgullo, sin decencia. Me emborracho para no atormentarme por carecer del valor necesario que hace que una mujer se ponga en pie y diga basta. Sin la bebida no puedo soportar el asco que me doy. No sé cómo he llegado a esto. A veces, miro por la ventana cómo pasa la vida, me digo a mí misma que ya estoy muerta y me agarro a la botella, sabiendo que los muertos ya no pueden morir de nuevo y que no tienen nada que perder, y que borracha, al menos no siento nada y me voy acercando deprisa al final.

Me quedo tumbada en la cama y miro el techo vacío. Esta madrugada, de nuevo, he sido incapaz de articular una protesta, de mover un solo músculo para rechazarle mientras me dejaba hacer. He oído a mi hija llegar a casa después de salir con sus amigos, entrar en su dormitorio y cerrar la puerta, aislándose, justo cuando él acababa. Me hubiera gustado buscar su abrazo. No sentirme tan sola.

Al alba he ido al baño a vomitar el asco que me subía por las entrañas, a limpiarme el cuello de sus babas, a despojarme de su olor, sin encender la luz, sigilosa, pero aun así me ha oído, como oye a cada una de sus presas antes de matarlas, ignorantes de la inutilidad de sus precauciones frente a la vigilia del depredador. Se ha levantado escupiendo sus amenazas y frente al espejo me ha advertido para que me emplease a fondo en agradar a todos, especialmente a sus padres, y que si me emborrachaba y le ridiculizaba delante de sus amistades, allí mismo, en mitad de la iglesia, me iba dar de hostias hasta que no me acordase de mi nombre. Luego ha bajado su desprecio por la escalera, taladrándome con el ritmo acompasado del roce de las armas contra su ropa. Le han seguido el golpe de la puerta y el ruido del motor del coche, internándose en su ansia de sangre.

Tras su marcha, no he podido volver a la cama. Me he duchado para limpiarme su olor. Huyendo de mí, me he acostado en el dormitorio de mi madre y he cerrado los ojos. Tenía ganas de llorar, de pedirle perdón.

Mi hija ha regresado de la churrería. La he oído abrir el armario. Ha empezado a maquillarse y vestirse para la boda. Llaman al timbre de la puerta y escucho la voz de la peluquera, que pregunta a mi hija si me he lavado ya el pelo, disculpándose por su retraso. Puedo imaginarla pertrechada con el secador y el resto de arreos que carga cada vez que viene; puedo aspirar el aroma de lacas y colonias atrapadas en sus frascos y que, al destaparlos, se expanden por la habitación; puedo identificar su presencia de mujer valiente y luchadora que con su trabajo saca adelante a sus hijos, libre, viva, alegre a pesar de todas las trabas que tuvo que superar para divorciarse de su marido.

María, la peluquera, enfila las escaleras hacia mi dormitorio y entra en la habitación por la luna del espejo, hacendosa, vital, feliz. La espero sentada frente al tocador, con el pelo seco y el albornoz entreabierto sobre mi piel desnuda, que exhala aún el aroma fresco del gel de ducha. Contemplo mi rostro en el espejo, resignada al revuelo de botes de maquillaje, horquillas y pinzas que salen de su bolso y ocupan el liso tablero de mármol, como un campo sembrado de cuerpos abatidos.

—¿Preparada para el gran día? ¿Has preparado la foto de tu boda? Pero sonríe, mujer. Con esa cara cualquiera diría que vas a un funeral en lugar de ir a tus bodas de plata. Es una fiesta, no un entierro.

Saco del cajón la fotografía de mi boda y se la entrego sin mirarla, como si me quemase en las manos. Antes de que empiece a blandir sus cepillos y llenarse la boca de horquillas miro el reloj de pulsera sobre la mesita de noche. Es el que me regaló mi madre cuando me casé, el mismo que le regaló a ella mi abuela. Está igual que entonces. Bueno, no. Quizá la esfera esté un poco más oscura, desgastada, enferma. No se ha averiado nunca a pesar del paso del tiempo; creo que es lo único que perdura de mi juventud, de otro tiempo, de una vida distinta. Sigue a mi lado, como un legado, como el testigo de su compromiso con la libertad que ella había conseguido a base de lucha y coraje. Le he fallado.

—Es un peinado fácil, sencillo y a la par elegante. No ha pasado el tiempo por él. Vas a estar muy guapa —masculla con la boca llena de horquillas mientras pone la foto de pie frente a mí, apoyada en el espejo.

No me reconozco en aquella muchacha de la fotografía con la mirada limpia e ilusionada, enamorada, feliz y nerviosa, una muchacha que se ha perdido, que ya no existe. Cierro los ojos y me dejo hacer. Me gusta sentir sus manos frías enredando entre mi pelo; me relaja su conversación sobre peinados y maquillajes, su voz entrecortada por el ruido del secador, sus proyectos profesionales que pasan por abrir su propia peluquería, a pesar de las adversidades que nunca la doblegan. Habla sobre los estudios de sus hijos y las salidas con sus amigas, ahora que es una mujer libre desde que se divorció y le dio una patada a una vida de amargura que le hacía daño, en lugar de renunciar a vivir, como hago yo por miedo a dónde ir.

Las manos de mi madre desenredan mi pelo tras lavarlo. Huele a flores. Me peina con suavidad y extiende mi largo cabello rubio por la espalda, lentamente, hasta rozar la cintura. Oigo su tarareo infantil, noto su atención absorta en la fabricación de las trenzas. De pie, meriendo el pan con chocolate antes de volver a la cartilla abierta sobre la mesa. La voz de mi madre se aleja, desciende, se confunde con la voz de la peluquera, muere con su susurro. Abro los ojos cumpliendo sus órdenes, necesita mi aprobación para el tono del maquillaje. Yo empiezo a temer a la chica que ha renacido con sus potingues y me fulmina con su mirada salvaje, cargada de resentimiento. «Mira en lo que te has convertido», parece decir.

Nada más terminar con el maquillaje, la peluquera va al baño a lavarse las manos. Aprovecho el momento para tomarme un Valium que saco del cajón del tocador. Me fijo en el vestido de novia que voy a lucir hoy, colocado sobre un maniquí junto al que llevé hace veinticinco años. Un cruel bucle.

—¡Ha llegado tu coche! ¡No tardes! —avisa mi hija.

Oigo la puerta cerrarse tras ella. Me espera en el coche, según el protocolo.

La mujer me ayuda a colocarme el traje de la ceremonia, coge los billetes depositados sobre el tocador y se despide, desaparece. Por fin, la soledad, el silencio de nuevo. Me duele la cabeza, me cuesta levantarla porque la vergüenza me aplasta. «Quítate el vestido, huye», me aconseja la voz de mi madre. Le obedezco. Pido un taxi. Me visto con unos vaqueros y una camiseta, cojo del armario la maleta que hace años tenía preparada por si alguna vez era capaz de ir a buscar una nueva vida. Me aseguro de llevar la documentación en la cartera.

Pocos minutos después, desde la ventana, veo llegar el taxi. Mi hija está al lado del coche engalanado, espera para ayudarme a entrar sin arrugar el vestido de novia. Bajo las escaleras despacio, salgo sin coger las llaves del recibidor y entro en el taxi. El conductor me pregunta dónde vamos y le contesto que al aeropuerto. Me vuelvo para despedirme de mi hija por el cristal trasero. En su cara hay una alegría infinita mientras me dice adiós.

El amigo alemán

Durante un tiempo impreciso fui un objeto olvidado. Permanecí oculto en una oscuridad sórdida, tapado por rancios cobertores disecados por el polvo, abandonado. No escuché ruido alguno durante ese cautiverio, solo el silencio de la soledad. Creí que era el final, mi final.

Perdida toda esperanza, unas suaves y delicadas manos desconocidas me rescataron del destierro y, aturdido, crucé por la luz crepuscular de un largo pasillo. Tras sentir la fricción de un paño en mi superficie, pasé a ocupar un lugar sobre una peana de metal reluciente, dentro de una impoluta urna de cristal alojada sobre la estantería de un cuarto de baño que reconocí por el alicatado. Había cambiado el mobiliario, la intensidad y el tono de la luz, pero flotaba la misma lujuria en aquella estancia en la que durante una época pretérita fui venerado por mi rendimiento para procurar descomunales orgasmos en la vagina de mi dueña. Bajo la peana pude leer mi nombre: «Wireless-G. Spot Vibrator 10 Speed Remote Controlled Pink. Año 2012». Soy un vibrador diseñado para la estimulación del Punto G, estoy hecho de acero inoxidable, mido diecinueve centímetros y tengo una forma suave y redondeada. Cuento con mando a distancia y una larga trayectoria culminada de éxitos gracias a la intensidad de mis vibraciones. Fabricado en Taiwán.

Estaba muy débil, desorientado. Esperaba ansioso a que llegasen las pilas para recuperar mi energía y demostrarle a mi dueña que aún conservaba aquella salvaje virilidad que tanto gozo le procuró. En lugar de recibir ese refuerzo, su desconocida, joven y bella acompañante, mientras mi dueña se metía desnuda en la bañera, depositó a mi lado el envoltorio de un impresionante aparato de revolucionario diseño y tecnológica arrogancia, dotado del narcisismo propio de la juventud. En el lateral de su envase pude leer sus fortalezas, inasequibles y humillantes para mi obsolescencia. Se llamaba Satisfyer Pro 2 Next Generation: «Succionador de clítoris, especialista en orgasmos múltiples. Un juguete erótico que estimula el clítoris sin necesidad de que haya contacto con él, ya que emite ondas expansivas y… Totalmente sumergible, siente un efecto distinto bajo el agua. Fabricado en Alemania».

Desde mi patíbulo pude ver cómo aquellas mujeres compartían a mi adversario en la bañera, cómo se retorcían y enloquecían de placer. Entonces, comprendí que mi presencia en aquel santuario era meramente decorativa, que nunca podría competir con aquel Adonis. La juventud es imperiosa y arrolla con fuerza. No quedaba sino resignarse ante su vitalidad. Al ver funcionar al alemán, supe que los vibradores de mi generación habíamos sido aniquilados por aquellos nuevos prodigios de la tecnología, comprendí el oscuro olvido que había sufrido. Uno debe aceptar su derrota cuando llega, dejar paso a una juventud más preparada para mantener la necesidad de que los humanos recurran a nuevos ingenios para culminar sus fantasías sexuales.

Ahora solo era un objeto decorativo, como un cuadro, un adorno, un plato de cerámica. Hasta que, de pronto, se abrió la puerta y el prodigio fue depositado junto a mí. Traía arañada su superficie, estaba abollado, descolorido y con huellas de maltrato. No había orgullo ni vanidad en su pose, más bien una conmovedora desolación. Le pregunté qué había sucedido y no me contestó, humillado. Entonces ocurrió algo inesperado: la chica joven que se apareaba con mi dueña nos extrajo de la estantería a los dos a la vez. En el dormitorio mi dueña esperaba desnuda en la cama. Alargó la mano y me cogió. Me quitó la carcasa de plástico con delicadeza, cargó las pilas alcalinas por mi trasero, me estrechó entre sus cálidas manos y me besó con ternura en el prepucio. Empecé a vibrar y bajé por sus pechos hasta su pubis. Para mi sorpresa, cuando más me afanaba en cumplir mi propósito, fui dulcemente desplazado hasta penetrar en la desconocida vagina joven y vigorosa, y empleándome a fondo, entregando mi vida, extraje de ella gemidos salvajes mientras me sacudía a un compás convulso.

Cuando me depositaron junto al succionador entre las sábanas, pude entender que, gracias a las ganas humanas de disfrutar de la diversidad, aquel joven me había salvado del olvido. No era mi rival, sino mi compañero: sabiduría y juventud juntas, complementándose. Pude vislumbrar un futuro prometedor.

Resiliencia

—He tenido mucha suerte al encontrarte —dijo, abrazándose a mí.

Temblaba bajo la manta y apretaba su cabeza contra mi pecho, humedecido por su sudor. Le toqué la frente: la tenía ardiendo. Había pasado la noche agitada por la fiebre. Entre sueños se destapaba a menudo y el frío la despertaba.

Acababa de amanecer. Un viento fuerte corría a rachas bajas e intermitentes, helaba el interior del refugio de cartón y plásticos que había construido bajo los soportales de la abandonada plaza de abastos, en la que dormíamos los mendigos, a cubierto de la lluvia y del desprecio de los hombres de bien.

Salí afuera con la ropa húmeda y me quedé helado al instante. Recompuse los cartones que se habían movido para que no quedasen resquicios en los costados por los que entrara el aire. Del carro de varillas metálicas atado a la argolla de una columna y en el que cargaba lo que la desgracia aún no me había arrebatado, saqué un pañuelo —lo más ligero que tenía para que no se sofocase— que había extraído de un contenedor de ropa usada y se lo puse encima, ocultándole el rostro para que los demás indigentes que dormían cerca, rodeados por los restos de la borrachera, creyesen que era yo el que dormía en el refugio y así nadie la molestase.

—Espérame aquí —le pedí—. No te destapes, querida. Nadie te molestará. Todos estos desgraciados de alrededor saben cómo me las gasto si se atreven a joderme.

Ella asintió moviendo la cabeza por debajo del pañuelo. Me puse el viejo abrigo que reposaba a los pies del saco de dormir. Cerré las aberturas de los plásticos que hacían de techo y encendí un cigarrillo. Ella me había pedido que no la llevase a ningún hospital, a ningún centro de urgencias, a ningún ambulatorio. No le gustaban. Hacían muchas preguntas. Tenía que conseguir un medicamento que le bajase la fiebre. Miré el luminoso de la plaza: la farmacia de guardia quedaba muy lejos, al otro lado de la ciudad. Solo me quedaba una alternativa: necesitaba dinero para comprar algún medicamento en la farmacia del barrio en cuanto la abriesen. Hacía tiempo que los dependientes no me regalaban nada. Sabían que los medicamentos que les pedía eran para venderlos a otros indigentes en lugar de usarlos para curarme yo. No se fiaban de gente como yo y no les faltaban motivos.

A esa temprana hora, el mejor lugar para recolectar dinero rápido era la cercana estación de autobuses que escupía a numerosos pasajeros que acudían a sus trabajos o a sus quehaceres de buen ánimo, sin el desaliento con el que regresaban a sus casas por la tarde. Si eras de los primeros en llegar a la estación, esperabas en la entrada a que los vigilantes la abrieran, y corrías hacia el pasillo central colocándote justo en las puertas de salida a los andenes, con suerte, en unas horas podías haber cosechado un buen puñado de monedas, las suficientes para pasar el día fumando y bebiendo, las suficientes para comprar el medicamento que la curara. Sabía que volver por allí podía traerme problemas, pero no tenía otra opción si quería hacer algo por ella.

Antes de marchar hacia la estación regresé al refugio de cartón y le volví a tocar la frente: ardía y se había quedado dormida. Estaba realmente bella con aquella encendida palidez afilándole el rostro. Encendí otro cigarrillo y me calé el gorro de lana. Apreté el paso y enfilé la avenida que tenía que atravesar para llegar a mi destino. Hacía tiempo que había olvidado lo que era la prisa y mi cuerpo se sorprendía y respondía dolorosamente ante aquel esfuerzo inusual. Apenas había tráfico y pude atajar las calles varias veces sin tener que cruzar por los pasos de cebra. Cuando divisé la entrada de la estación de autobuses, vi que se me había adelantado el grupo de habituales. Me puse en la cola, sin saludar ni preguntar. Tras unos minutos de espera, el vigilante abrió y cada uno de nosotros ocupó el lugar que le correspondía por orden de llegada si no querías meterte en líos. Me senté en el suelo, en un lugar seco. Puse el gorro de lana boca abajo, oculté la cabeza en el pecho y esperé a que fuesen cayendo las primeras monedas, las más importantes, las que son una especie de reclamo para las siguientes.

Mientras esperaba las limosnas no pude menos que sorprenderme de lo rápido que te puede cambiar la vida. Anteayer por la mañana, cuando pedía caridad entonando mi salmo y me calentaba al sol en una esquina, una sombra se paró frente a mí, tapándome la luz. Me pidió ayuda, estaba desorientada y preguntó cómo llegar al albergue municipal. Al levantar la cara, vi que era una chica de mi edad la que esperaba la respuesta. Le ofrecí un cigarrillo y se sentó en silencio a fumar a mi lado. Al rato sacó un paquete de su mochila: era un bocadillo. Lo partió y me ofreció la mitad con esa desamparada generosidad del que carece de futuro. Después, fuimos hasta un banco del parque y con el dinero que había conseguido, compramos un litro de cerveza en el quiosco. Mientras fumábamos y bebíamos, le informé sobre la ubicación del albergue. La invité a que se viniera a mis cartones a dormir, pero se negó diciendo que estaba muy cansada. Llevaba varias noches sin pegar ojo desde que estaba sin techo y quería lavarse y descansar en una cama. Sacó unas monedas del bolsillo y compró otra botella de cerveza. Me gustó porque no culpaba a nadie de su estado y encaraba su reciente indigencia con valentía. Al atardecer, la acompañé hasta la puerta del albergue. Nos deseamos suerte y nos despedimos. Yo me fui con el carrito a dormir a los soportales abandonados del antiguo mercado de abastos, poblados al anochecer por gente pobre que busca el amparo y la protección que, a pesar de las broncas, proporciona la compañía de los iguales.

Ayer por la mañana, al volver a mi esquina, la vi acurrucada bajo el mismo sol en el banco del parque, aterida de frío. Le ofrecí mi abrigo. Me quedé a su lado, esperando la hora para llevarla al comedor de Cáritas a pillar algo caliente que la reanimase. Al verla tiritar, uno de los curas que repartían la sopa le dio un paracetamol, que era lo único que tenía a mano. Por la tarde vino la lluvia y nos metimos en un portal abierto. La abrigué lo mejor que pude hasta que al llegar la noche el portero nos pidió que nos fuéramos de allí. En el ambulatorio del barrio un celador me dio dos pastillas de Ibuprofeno a cambio de mi paquete de tabaco. Se las tomó. Fuimos hasta el refugio de cartón y se quedó dormida nada más llegar.

Hemos pasado la noche abrazados, la he sentido como algo mío. Por un momento he podido soñar, olvidar la soledad en la que malvivo.

A la hora de la apertura de la farmacia entré en el establecimiento con el dinero recolectado.

—Deme el mejor medicamento que tenga contra la fiebre —le pedí a uno de los dos dependientes.

—¿Cuánto dinero traes?

Puse las monedas sobre el mostrador y las contó. El dependiente sonrió, hizo un gesto de incredulidad con la cabeza y despareció en el almacén. El otro me vigilaba.

Con el medicamento en el bolsillo volví rápidamente sobre mis pasos. Sentía que cada segundo era importante para aliviar el sufrimiento por el que pasaba mi chica. Con la temeridad propia de un enamorado atravesé la avenida, esquivé el tráfico y los insultos de los conductores. Cuando llegué a los soportales, el refugio de cartón había desaparecido. Una pareja de operarios lo echaban al camión de la basura. La policía local enseñaba una fotografía a los mendigos que, amontonados en el centro de la plaza, alrededor de un bidón por el que salía el humo de una hoguera, se calentaban con las manos extendidas hacia las llamas. Saqueaban mi carrito y se repartían lo que quedaba del botín. Me acerqué al bidón a calentarme y a pillar del cartón de tetrabrik que pasaba de una mano a otra. El paseo me había dado hambre. Faltaban unas horas para que abriese el comedor social. Le dije al policía que jamás había visto a la chica de la foto.

El hombre sin suerte

A la memoria de Diego y Rafael, hombres sin suerte.

La noche del veinticuatro de diciembre, por un impulso que determinó su acción, Rafael Expósito salió a la noche helada con la desolación de que en su interior algo se había roto para siempre. Un desconocido apremio le impidió dejar una nota escrita con su tristeza, ni siquiera una fugaz despedida, dispensado de los preceptos que dictan los propósitos meditados.

Cerró la puerta tras de sí, elevó los ojos al cielo, buscando en el atlas de nubes negras una razón para volver dentro de la casa, y no encontró ninguna respuesta. La inicial turbación dejó paso franco a la intuición serena de que aquel iba ser su último paseo y que la significación de la fecha era la constatación de la sintaxis de una vida predestinada al desengaño, una existencia que le había malogrado todas las innatas ilusiones con las que la naturaleza nos dota para enfrentarnos a la vida. Y ya con la cesta de los sueños vacía, confinado en el olvido y sin nada a lo que sujetarse, algo profundo que le brotó desde el tuétano de los huesos le señaló que lo más digno era terminar de una vez por todas con una realidad que no aguantaba, y cuyas heridas cotidianas le eran ya inasumibles.

Hace falta mucho coraje para hollar solitario y en silencio esas calles nocturnas vacías de gentes. Noche repleta de los recuerdos y emociones que le traen estos paisajes que le vieron nacer y crecer; calles feas, sucias, pero suyas, distintas en cada pequeña variante que añade una nota discordante de dolor o alegría; una ventana iluminada en la que una persona llora su soledad rogando al vacío, una pareja que se besa en un portal, un hombre cargado de paquetes que camina despacio con una felicidad epidérmica, la presencia inesperada de un perro que huele su desolación desde la distancia. Ahora que camina por estas aceras por última vez, vagando por el fin de sus expectativas, se da cuenta de que ama estas calles y que su despedida es intravenosa, un adiós sin diagnosis, tratamiento ni recuperación, el preludio de un estertor. Aquí pasó su infancia y fatigó las diferentes etapas de su vida. Es fácil predecir el olor de la próxima esquina; el ruido de los gatos rebuscando en la basura; las voces del matrimonio viejo que se apergamina en su cuarto a ras de suelo, por cuya ventana se escapa la herencia de una vida malgastada. Calles en las que se deleitó con el amor y la amistad, y en las que el recuerdo tiene la misma consistencia que el desengaño, calles en las que se siente parte, como un adoquín o una farola, prisionero de un tiempo nuevo del que ya no forma parte. ¿Qué es si no la edad?

Atraviesa la plaza desierta y hundida como el coso de arena de un coliseo de cuyas gradas encendidas recibe el desdén del público. Enciende un cigarrillo y se sienta en un banco. El humo le abriga y le habla palabras que ya no tienen ningún significado ni sonido: familia, amor, amigos, trabajo. Alza la cabeza y mira el cielo turbio. Un olor a vainilla invade la plaza. Un frío antiguo le traspasa el abrigo y le fustiga. Hay en la noche inhóspita algo que viene de lejos, de un tiempo de inseguridades que consigue inquietarle. Pero ahora no es tiempo de pensar ni de dudar. Ahora es tiempo de cumplir con su decisión. La eternidad prosigue su marcha: paso a paso, primero un pie y después otro. Por fin, sobre las ramas de los árboles que escoltan al río, aparece poderosa la estrella de Oriente reclamando su presencia para guiarle a esa otra realidad que ofrece una segunda oportunidad a los proscritos, a los desdichados; un lugar para descansar sin tormentos, por fin cálidos y queridos por ese dios al que hay que inventar para no arrepentirse de la obligación de la realidad.

El humo del cigarrillo se solidifica en el aire helado. Despacio se levanta. Percibe dentro de sí mismo a un ser que le acompaña, le susurra dulces palabras que acunan sus pasos, palabras que son caricias, que edulcoran la trágica inminencia de su designio, que le impiden vacilar en su itinerario hacia el adiós. Todo en torno suyo se almohadilla de silencio y lentitud, ni siquiera oye el ruido de su caminar sobre los adoquines, insonorizados frente al pánico. El tiempo es solo una dimensión física, no una medida de la experiencia. Si acaso, un túnel envolvente por el que se desplaza sin remisión ni norte.

Atraviesa el puente sin voluntad propia y, apoyándose en el ser, sube al pretil de piedra que fue el refugio de su infancia, cuando todo estaba por descubrir desde esa atalaya a la que huía para parapetarse de la violencia que le acosaba y malhería, de la angustia que le atenazaba. Abajo, como los seductores brazos de la amante que no pudo reconocer en su esposa, el río le aguarda y reclama para entregarle las llaves de un paraíso distorsionado por el llanto. Siente el magnetismo impostergable de las aguas cristalinas que rompen contra las piedras tapizadas del musgo de la noche, allí donde las sirenas de Ulises tejen su insalvable trampa. Se lanza sin rencor ni remordimiento a ese acogedor seno que le ofrece la entrada a la eternidad, a la ansiada felicidad, por fin.

El Gran Canadá

IV Concurso de Relato Breve «Villa de Sabiote»

Tenía los ojos azules como un río de aguas estrepitosas, el pelo ondulado, la boca grande, la sonrisa ancha, la nariz de Dylan y casi siempre vestía camisas a cuadros como un leñador de Alaska. En su casa le llamaban Miguel, pero para nosotros, para todos los aprendices de la obra, era el Gran Canadá, que era como a él le gustaba que le llamasen. Hablaba muy poco, porque tenía la voz blanca y fría, como los nórdicos. Guardaba un ensimismado silencio durante la jornada de trabajo, porque siempre estaba soñando con los fríos bosques americanos, acechando nutrias entre las aguas, ardillas escalando el tejado de la cabaña donde vivía o trepando hacia las copas de los árboles, mientras los demás solo veíamos paredes blancas de yeso por las que había que meter cables o dar brochazos de pintura.

A la hora del almuerzo, en los bajos del edificio sin terminar, en los que el aire caracoleaba entre los sacos de cemento y yeso que descargaban los camiones y entre los que aparcaban las motocicletas de los albañiles, los demás aprendices, sentados en improvisados bancos fabricados con dos ladrillos, nos comíamos los bocadillos alrededor del bidón en el que se encendía la candela, escuchando las conversaciones de los oficiales, mientras que el Gran Canadá, a cambio de una propina, se quedaba en los pisos sin comer nada, removiendo las latas de pintura para que los oficiales, que cobraban por metros, las tuviesen listas al volver al tajo. Sabíamos, porque él lo había contado, que en cuanto fuese mayor de edad, ese dinero furtivo que no aparecía en el sobre que le entregaba a sus padres cada semana, como todos nosotros, le serviría para irse a Canadá a pescar salmones, cobrar pieles, viajar en un trineo tirado por un perro que se llamase Colmillo Blanco, vivir en una cabaña con la chimenea permanentemente encendida y casarse con una rubia alta y de piel blanca que le diese hijos que hablasen en inglés. Otras veces, cuando no había destajos, se sentaba junto al bidón y, después de limpiarse las manos y prohibirnos expresamente que tocásemos las hojas, extraía de una bolsa cerrada con cremallera un folleto que le habían enviado de la embajada de Canadá y nos enseñaba unas esplendidas fotografías de paisajes increíbles y verdes, llenos de aguas frías y enormes osos, sitios de nombre impronunciable que iban a ser los lugares donde viviría en cuanto juntase el dinero suficiente para el pasaje. Miraba las fotos con el mismo arrobo con el que los demás mirábamos las revistas de mujeres desnudas o de coches fantásticos que nunca disfrutaríamos. Las fotos de las revistas siempre contaban mentiras, decían los oficiales. Pero el Gran Canadá no escuchaba a los oficiales.

El Gran Canadá no tenía pandilla ni jugaba al fútbol ni salía por las noches, no se arreglaba los domingos para buscar novia o ir al cine. Por las tardes, después del trabajo, acudía a una academia de inglés y los domingos por la mañana iba al río a pescar mientras repetía las clases de inglés a un radiocasete que le espantaba los peces. Pero sobre todo escuchaba a Dylan: se sabía de memoria las canciones de la única cinta que tenía.

Ahora, treinta años después de todas las cosas, tengo al Gran Canadá delante de mí, estirado en su traje de mortaja, con el pelo blanco y tapones en los orificios. No lo había vuelto a ver desde entonces, desde que me fui a la ciudad a consumir mi vida en una cadena de montaje de teléfonos. Me he enterado de su muerte por pura casualidad. He venido con la familia de vacaciones al pueblo, a visitar las tumbas de mis padres y a enseñarles a mis hijos el origen de mi vida. Al pasar por una calle, he visto una esquela mortuoria que me ha llamado mucho la atención. En lugar de un motivo religioso, la imagen del anuncio era un bosque verde lleno de luz y de nieve. Después de su nombre, entre paréntesis, se leía «El Gran Canadá».

En el tanatorio una persona que dijo ser su hijo me explicó que hacía unos años se había vuelto loco. Un día se despidió de la empresa de aplicación de pinturas en la que había trabajado toda su vida y abandonó su casa. Se había tirado a la calle a cantar canciones de Bob Dylan a cambio de unas monedas con las que compraba vino, dormía en un cobertizo abandonado en el bosque y comía de la pesca y la caza que capturaba. Cuando estaba borracho, lloraba, se maldecía y llamaba a voces a un perro imaginario.

No se lo digas a Kafka

VI Concurso de Relato Breve «Villa de Sabiote»

La casa está a las afueras del pueblo, alejada de las otras, a unos pocos metros del poco transitado camino rural. La portezuela del jardín abierta al visitante. Bajo el frondoso parral enredado en un dédalo de alambres, un hombre viejo está sentado en una silla de enea, delante de la fachada encalada de la casa. Se cubre con una boina negra y lleva una camisa blanca recién lavada y remangada a la altura de los codos. Entre las manos, colocadas delante del cuerpo, frente a la barbilla, sujeta el gancho de una garrota de madera vieja que golpea intermitentemente contra el suelo de tierra apelmazada que tapiza la lonja. Desde sus labios un cigarro sin filtro eleva una fina y ondulante columna de humo hasta perderse, colándose por los intersticios del parral. Sobre el tejado comienza a ascender el disco rojo del sol, escalando lenta, pero decididamente cada una de las tejas del alero. Acuden allí los pájaros madrugadores a picotear a los gusanos entre los matojos que nacen en los caballetes.

El hombre tiene el rostro afeitado, surcado de arrugas, denota gravedad y tristeza. Divaga perdida la mirada en el horizonte, desea oír a lo lejos el ruido del motor que le lleve a la ciudad a guarecerse del invierno en la casa del hijo, ahora que vive solo desde que murió su esposa. A su lado, contra la pared, dos maletas atiborradas de ropa y regalos para los nietos escoltan la espera, a escasa distancia de un comedero redondo. El hombre mira el reloj de bolsillo, el calendario de plástico pegado en el brocal del pozo, y piensa que su hijo ya debería estar a punto de llegar, que aún le queda tiempo para encender otro cigarrillo antes de llegar a la casa en la que su nuera le prohíbe fumar.

Como cada mañana ha comenzado regando el huerto, los parterres de rosas, los limoneros y los arietes de hierbabuena; le ha echado de comer al perro y ha llenado de agua el balde para que beba. A cada flor, árbol y mata, a cada surco y a cada caña le ha dicho adiós; se ha despedido de ellos como dos amigos que saben que van a tardar en volver a verse. Del perro no ha podido despedirse porque hace días que no ha vuelto del campo. Se va a la ciudad con la tranquilidad de que lo deja todo a buen recaudo, a cargo de los cuidados de Tomás, su vecino y amigo de toda la vida, al que hace tiempo que no ve, aunque confía en que su esposa le haga llegar el recado que todas las noches le transmite antes de acostarse, cuando la mujer va a ver si le hace falta algo, si está bien, a dejarle la cena en la cocina, y él le dice que le dé un abrazo de su parte y que se mejore de su enfermedad, que cuando vuelva en la primavera de la casa del hijo irán de nuevo juntos a pescar y a tomar unos vinos donde la Encarna. La mujer se calla que Tomás lleva meses enterrado, como el perro, y que la Encarna cerró el bar hace años. Le desea buen viaje y que le dé muchos besos a los nietos de su parte, y con el pañuelo se seca las lágrimas mientras musita un «hasta mañana» inaudible para el hombre.

A media mañana el panadero detiene el reparto en la puerta de la casa y le deja un bollo dulce para el viaje. Antes su esposa le preparaba el desayuno bien temprano, para salir a los campos a pelearse con ellos y sacarles un jornal. Todavía nota su presencia en la cocina y le habla, aunque no puede verla. Por la tarde, dos veces en semana, viene la chica del ayuntamiento y le hace las tareas domésticas.

Al declinar la luz, el hombre sabe que el hijo no va a venir para llevárselo a la ciudad, porque hace tiempo que murió, lo mismo que su nuera y sus nietos, en un trágico accidente de tráfico; recuerda el entierro de Tomás, a la Encarna subiendo en el taxi en el que se marchó a la ciudad, al perro atropellado por un coche. Pero ya no tiene otra cosa que hacer que esperar la muerte viviendo una ficción que le haga más llevadera la espera en tanto llega la hora de reunirse con los suyos. Al menos, fingiendo esta demencia no está solo y consigue que sus vecinos se ocupen de él, que no le olviden, que no le abandonen. Y en medio de la soledad interminable de la tarde no puede menos que pensar en lo jodido e injusto que es llegar a viejo y estar solo y cuerdo. Y se acuerda del libro de Gregorio Samsa y piensa en la metamorfosis de la vejez, que convierte a un hombre en un solitario insecto.

Empieza a refrescar. Coge la silla, entra en la casa y la coloca alrededor de la mesa, junto a las otras. No quiere que ninguno sus fantasmas se quede de pie durante la cena.

Robledillo de Gata, verano de 2021.

Índice

Sobre el autor

Luis Valverde Álvarez (Andújar, 1963) es licenciado en Derecho. Empezó a escribir muy joven. Ganó un par de concursos literarios de ámbito provincial en los años ochenta y después dejó de escribir, que no de leer. Cuando pudo dejar de preocuparse por lo que iba a comer su familia el día siguiente, regresó a la escritura. Durante una década ha escrito relatos con diversa suerte y ha ganado algunos concursos. En septiembre de 2020 publicó *Viaje de vuelta,* una novela corta. Hay algunos culpables de su afición a escribir: Faulkner, Cortázar, García Márquez, Delibes, Tolkien, Tizón, etc., pero sobre todo su abuelo, un jornalero que leía novelas de Estefanía y que sabía contar historias como los juglares.

9 788419 092328